Pente douce

Rozenn Triolaire

Pente douce

Roman

Les impliqués
Éditeur

5-7, rue de l'École-Polytechnique – 75005 Paris
www.lesimpliques.fr
contact@lesimpliques.fr
ISBN : 978-2-38541-808-3
EAN : 9782385418083

1.

Sortie forêt Eliot prévoir bottes et sac plastique, chouquettes petit dej bienvenue Carole, 121 [1] *Fabrice, préparation BR Argentine, catch up Sandra, comité de direction, formation H2R, atelier reboot, deux boîtes de mouchoirs pour la classe de Margot… à raison de deux boîtes par élève, vingt-cinq élèves en moyenne par classe, vingt classes… mille boîtes ! l'école ferait mieux de se faire livrer une palette en début d'année…*

L'eau de la douche dégouline sur le visage d'Elsa encore ensommeillé. Au moment où elle ferme le robinet, elle entend un mugissement « Ton fils hurle à la mort ! » Eliot s'est réveillé et l'appelle. Elle sort de la douche, pose la pointe des pieds sur le carrelage froid et enfile son peignoir ; celui qui, d'un élégant blanc cassé est devenu grisâtre, depuis qu'elle l'a mis à la machine avec le tapis gris foncé de la salle de bain. Elle qui fait pourtant quatre ou cinq machines d'affilée le week-end pour venir à bout des deux paniers familiaux, avec des programmes bien distincts : 60 pour le linge de lit, 40 coton pour les vêtements clairs, 30 synthétique pour les foncés, Délicat pour la laine et les petits hauts fragiles.

[1] One to one, réunion en face à face

Elsa descend, les cheveux enrubannés dans une serviette, va embrasser Margot en passant, puis rejoint Eliot qui s'impatiente dans son lit. Elle slalome entre des rails étalés sur le parquet, un bus scolaire jaune à pneus neiges rapporté du Canada arborant « SCHOOL BUS » sur son fronton, un chausson orphelin, un *Belles histoires* sans couverture, et se penche pour lui faire un câlin.

- Tu ressembles à un Indien, lui dit-il en fixant son turban en éponge orange.

Et il s'énerve parce qu'elle n'est pas venue le réveiller.

- Mais mon chéri, il est encore très tôt. D'habitude je viens te réveiller une fois que j'ai pris ma douche. Alors tu peux encore faire un petit dodo, je vais m'habiller et reviens te voir ensuite.

Il lui tend son nez pour un bisou d'esquimau, agrippe son nounours usé et se blottit dans son lit.

Petit déjeuner animé d'un jour de semaine qui ressemble à tous ceux qui s'enchaînent tout au long de l'année scolaire. Eliot raconte son rêve dans un flot de paroles ininterrompu. Léa et Margot, assises l'une en face de l'autre, se disputent à celle qui placera ses pieds sur la traverse qui affermit le bas de la table, et crient de plus en plus fort. Chacun tente de se faire entendre en couvrant le vrombissement de la hotte que Nicolas, son mari, a déclenchée pour lutter contre « l'air vicié par l'odeur du pain grillé ». Le niveau sonore est à son comble.

- Quel enfer, mais quel enfer, je vais vous mettre en pension, j'aurai la paix !

- Je vais te mettre en pension... magique papa ! réplique Eliot en brandissant une baguette imaginaire dans les airs.

Elsa attrape les tartines dans le grille-pain, « qui veut encore un muffin ? », « moi, moi », remet des demi-tranches à chauffer et en profite pour arrêter la hotte qui résonne tel un marteau piqueur dans sa tête. A peine est-elle revenue à sa place que Nicolas remet la hotte en route. Une lutte silencieuse, sans fin.

Un verre est posé sèchement devant elle. Depuis quinze ans, son mari lui prépare son jus d'oranges pressées chaque matin. Délicate attention qui d'amoureuse est devenue plus froide au fil du temps mais toujours motivée - ou contrainte - par son refus d'acheter un presse agrumes électrique, conscience écologique oblige.

Chemise blanche bien taillée, près du corps, qui s'accorde avec le jean foncé, parfaitement coupé également, elle se dit qu'il est beau. Elle se le dit encore. Plus beau même sans doute qu'à leur rencontre. Une pratique renforcée d'exercices de musculation ces dernières années a contribué à développer le haut de son corps, resté très mince, l'affirmant grâce à des épaules légèrement carrées et remplissant les vides. Il a perdu son côté fluet qui était accentué par sa longue taille et une certaine maigreur, pour un profil aujourd'hui mieux bâti avec la maturité. Cheveux blonds raides un peu longs, yeux noisette comme ils plaisantaient, il y a longtemps, car c'est tellement plus vendeur de dire noisette que marron, même si les noisettes sont marron. Mais un visage fermé, qui ne sourit jamais ou rarement. En tout cas plus à elle. Et elle est ébahie devant la capacité des enfants à faire comme si de rien n'était, à continuer de crier, faire des blagues, même quand il exprime de manière continue son mécontentement et grommelle entre ses lèvres serrées « quel enfer, mais quel enfer ». Des soupirs ostensibles s'échappent régulièrement. Elle les craint, les attend, les surveille. Une part d'elle seulement. Du coin de l'œil. L'autre part reste avec les enfants. Rigole. Fait comme si de rien n'était, comme les enfants.

Elle aide Eliot à s'habiller dans la cuisine avec les vêtements qu'elle lui a descendus : il refuse catégoriquement la chemise à carreaux, qui lui va pourtant si bien. N'accepte que le short, le tee-shirt et son sweat-shirt à capuche vert qu'il est retourné chercher tout seul. Ding. Un message WhatsApp s'affiche. De Natasha, sa boss. « Hi Elsa, how are you? », ding. « Can you send me asap the slides for the meeting with the President? »[1] Les lèvres d'Elsa se crispent. Elle remonte en courant, finit de se sécher les cheveux. Maquillage minimum. Un trait noir de khôl sur chaque paupière et sous chaque œil et un coup de mascara sur les cils. Le rouge à lèvres, elle le mettra à l'arrivée au bureau, dans l'ascenseur, afin de ne pas laisser de trace sur les joues des enfants en les embrassant devant l'école.

« Mamaaaaaaannnnn il est dix-huit !!!!! » Margot déboule à l'étage en criant. « Oui, il est huit heures dix-huit et on habite à deux minutes chrono de l'école, tu n'as jamais été en retard. » Table débarrassée, miettes collées sur le plan de travail en zinc vite épongées, dents lavées, sac plastique pour la forêt, mot pour la nounou le plus précis possible, sac de piscine avec certificat médical, justificatif de domicile, confirmation d'inscription, les voilà presque prêts à partir. Nicolas s'est éclipsé sans qu'Elsa le recroise.

Elle installe comme chaque matin ses affaires sur son vélo : son sac à dos avec l'ordinateur et ses dossiers sur le porte bagage à l'arrière, bien accrochés avec une sangle, son sac à main, ses vêtements de cadre dynamique et ses escarpins rouges dans les sacoches sur les côtés. Le tout déborde un peu alors elle ficelle tant bien que mal l'ensemble avec des tendeurs jaunes. On croirait une mule dont le chargement vacille de chaque côté. Une fois toutes ses affaires harnachées, elle pousse son vélo à travers la

---

[1] Salut Elsa, ça va ? peux-tu m'envoyer dès que possible la présentation pour la réunion avec le Président ?

grille de fer forgé verte qui les sépare de la rue et les voilà tous les trois bien alignés sur le trottoir en route vers l'école. Elle ne peut s'empêcher de jeter un œil à sa maison avant de partir, comme chaque matin, et de se redire à quel point elle l'aime et s'y sent bien. Classique côté rue, mais percée à chaque étage de grandes baies vitrées qui surplombent la ville côté jardin et des combles réaménagés pour eux sous les toits. C'est Nicolas qui a fait les plans de rénovation après l'achat de cette meulière datant de la fin du dix-neuvième siècle. Elle a gardé son cachet d'antan tout en gagnant fortement en confort et modernité.

- Suis en chaussons ! s'écrie Eliot.

Faux départ, vite corrigé. Léa, qui commence à huit heures au collège tous les matins, est déjà venue plus tôt entourer Elsa de ses deux bras en lui posant un gros baiser sur chaque joue toujours accompagné d'un « maman je t'aime ».

Première étape dépose minute devant l'école primaire. Margot très câline à trente mètres de l'école n'insiste pas pour être accompagnée jusqu'à la grille. Deuxième étape à l'école maternelle. Elsa pose son vélo contre le mur. Elle a abandonné depuis longtemps la séance d'accrochage de la chaîne cadenassée qui lui prenait plusieurs précieuses minutes, à la fermeture puis à l'ouverture. Elle abandonne le tout et monte à l'étage de l'école pour accompagner Eliot. Ils rejoignent la maîtresse dans l'escalier et lui emboîtent le pas. Brigitte a sans doute la cinquantaine passée, taille moyenne, des cheveux bruns mi-longs coupés au carré, un maquillage un peu trop visible, le rouge sur les pommettes, des vêtements classiques, jupe en dessous du genou, chemisier chic, qui laissent penser qu'elle s'est trompée d'école et détonne dans cette école publique de quartier mixte. Sans qu'Elsa ait vu le coup venir, elle se retourne et sentence :

- Eliot a souvent des vêtements trop petits, étriqués, vous pourriez mieux l'habiller.

Elsa regarde interdite la maîtresse et a envie de lui crier que son fils a tous les vêtements neufs qu'il lui faut, soigneusement pliés dans son placard, mais est-ce de sa faute s'il ne veut mettre que ceux qui sont usés jusqu'à la moëlle ? Elle ravale finalement cette micro-humiliation et préfère ne rien répondre. Elle aura sans doute d'autres combats à mener aujourd'hui au bureau.

Dans la classe, Eliot va chercher l'étiquette avec son nom, la brandit fièrement puis annonce avec emphase à la maîtresse « cantine - goûter ! » tout en la plaçant dans la case correspondante sur le tableau aimanté. Elsa observe en silence les prénoms placés sur la case « déjeuner et goûter à la maison ». La case que son fils n'intégrera jamais avec sa maman qui jongle entre son travail à temps plein si prenant, ses voyages professionnels et sa vie de famille.

Eliot la retient par le cou pour l'embrasser et lui chuchote « Quand je serai grand, je serai une maman comme toi, maman ! ». Plusieurs « bonne journée » hélés en partant aux mamans d'Eléonore, Mohammed et Jade avant de s'élancer vers sa troisième et dernière étape : l'achat de cinquante chouquettes pour l'arrivée de Carole dans son équipe, qu'elle pose délicatement dans le panier à l'avant.

« En toute transparence… » … Elsa réalise que cela fait plusieurs minutes que son esprit s'est échappé de la réunion. Cette expression ridicule dans la bouche aux accents russes de Natasha l'a ramenée à la réalité. Cela lui rappelle Jean-Christophe, le Directeur Commercial appelé par tous « J-C », qui débute ses phrases par « pour être tout à fait honnête ». Que penser le jour où il omet ce sésame ?

Elle tente de se reconcentrer et observe Natasha. Ses cheveux raides tellement blonds qu'ils en sont presque blancs sont tirés vers l'arrière en chignon strict. Sa peau diaphane laisse apparaître une veine saillante à droite de son œil qui palpite en cas de stress. Ses yeux écartés et étirés sur les côtés telles deux fentes, d'un bleu glaçant, vous transpercent comme des lames… quand elle vous regarde. La plupart du temps, elle semble ne voir personne, ignorer les autres, ou du moins ceux qui sont en-dessous d'elle hiérarchiquement. Et quand finalement elle vous regarde, parce qu'elle a besoin de vous, c'est avec une sorte de dédain, de hauteur, qui vous fait vous sentir insignifiant.

Que va-t-elle démontrer en toute transparence ? qu'ils ont réussi malgré les nombreux obstacles, « *headwinds* » comme elle dit, et qu'il faut donc continuer à mettre les bouchées doubles s'ils veulent réussir à regagner la part de marché perdue sur les segments APC (*All Purpose Cream*), *Face caring* et *Body*[1]… ? Elsa jette un œil à ses collègues pour voir s'ils sont aussi apitoyés qu'elle. Elle s'étonne comme à chaque fois de ne voir que des regards concentrés, accrochés à Natasha, tentant de capter son regard et espérant sans doute qu'elle leur sache gré, un jour, de leur dévouement infaillible. Cet espoir est vain. Elsa se demande si elle est la seule à réaliser que l'unique objectif de Natasha est sa propre réussite et que les membres de son équipe ne sont que des pions, utiles à la seule condition qu'ils servent cette ambition.

Un peu plus tard, accoudée au comptoir de la cafétéria, elle prend son troisième café de la matinée avec Aymeric, son collègue du Réglementaire. Cheveux fins raides châtain foncé, séparés par une raie stricte sur le côté, des lunettes cerclées d'or juchées sur son nez et un teint pâlot, c'est son compagnon d'infortune. Ding, l'écran bleu de la montre connectée de ce dernier s'éclaire tandis qu'il ramène son bras à la perpendiculaire d'un geste militaire, comme s'il regardait l'heure. Il jette un œil au message, sérieux. « Ah, faut que j'y aille, c'est Natasha qui demande si elle peut me

[1] Crème tout usage, Soin du visage, Corps

voir au sujet de la nouvelle réglementation. » Il lui adresse un petit haussement d'épaule résigné quand elle lui demande ironiquement « ça peut peut-être attendre que tu aies fini ton café, non ? »

Après une journée qui lui a paru bien longue, Elsa donne un petit coup de sonnette léger pour annoncer son arrivée, et aussi parce qu'elle a la flemme de sortir son trousseau de clés. Des cris de joie retentissent. Légère bagarre dans l'entrée à celui ou celle qui arrivera à ouvrir et à lui sauter au cou en premier.

Linda, la nounou est déjà partie après avoir préparé le dîner. Eliot retourne aussi vite faire des tours de salon en déguisement d'indien, hurlant devant sa main qui tapote sa bouche entrouverte à intervalles réguliers. Sa parure, dont seules quelques plumes colorées ont résisté à ses grandes sœurs avant lui, lui tombe sur le visage. Léa, l'entendant entrer, dévale l'escalier et se précipite à son cou.

Elle discerne le crépitement d'un trente-trois tours s'élever du garage où Nicolas aime se réfugier au milieu de sa collection de vinyles. Elle rattrape les enfants qui s'étaient interrompus dans leur repas et ils finissent de dîner sans que Nicolas les ait rejoints.

Puis elle monte avec Eliot et Margot. Pyjama, lecture. A travers les carreaux en verre dépoli qui séparent la chambre d'Eliot de la cage d'escalier, elle aperçoit l'ombre de Nicolas passer. Ils ne se sont pas encore croisés.

Quand elle se rend à son tour au deuxième étage abrité sous les combles, la lumière de la chambre est éteinte. Elle ressent une légère oppression au niveau de la poitrine. Ils sont devenus des inconnus vivant deux vies parallèles sous le même toit. Quand l'un monte, l'autre descend et vice versa, mais sans se croiser par le jeu des pièces adjacentes. Elle a l'impression d'être sur un balancier, dont les deux plateaux ne se rejoignent jamais, ou dans la scène des engrenages des *Temps modernes*, où l'un monte d'un côté pendant que l'autre descend, symétriques. Comment en sont-ils arrivés là ? A cette indifférence. A ces yeux levés au plafond ou à ces regards dans lesquels elle lit un total désintérêt voire de la condescendance.

Déjà 23h23. Elle n'arrive pas à trouver le sommeil. Aujourd'hui, au bureau, Mélodie leur a annoncé qu'elle était enceinte. Cela l'a projetée treize ans en arrière.

J'essaye de viser correctement mais comme à chaque fois le jet n'est jamais rectiligne et semble s'échapper de manière anarchique de tous les côtés sauf sur la minuscule bandelette qui dépasse du bâtonnet que je tiens d'une main tremblante. Tremblante en raison de ma position tellement inconfortable et du stress de ne pas imbiber suffisamment la bandelette ou au contraire de la noyer. Je secoue légèrement la tige de papier au-dessus de la cuvette et pose délicatement l'embout en plastique sur le sol en prenant garde à ce que la bandelette ne touche aucun élément.

J'attends les deux minutes réglementaires et en rajoute une pour être sûre. J'examine les deux barres côte à côte. Perplexité devant ces deux bâtons bleu marine, l'un peut-être légèrement plus clair que l'autre ? j'ai l'impression d'être en train de réaliser un test de vision chez l'ophtalmologiste « les deux traits ont-ils la même épaisseur ? si oui, lequel est plus épais : celui de droite ou celui de gauche ? » Cela m'apprendra à choisir le modèle bon marché, j'aurais dû prendre celui qui proposait un émoticône souriant ou faisant la tête, il coûte trois fois plus mais a le mérite d'être limpide....

Nouvelle tentative. Cette fois, j'ai acheté la marque la plus chère. Je n'ai rien dit à Nicolas, je préfère lui faire la surprise le jour où ce sera positif. J'essaye de limiter ma déception en me préparant mentalement à un résultat sans doute encore négatif.

Une fois la petite bandelette arrosée, je pose le tube en plastique bleu et blanc sur le carrelage et ferme les yeux la tête dans les mains. Je résiste à la tentation de regarder. J'attends plusieurs minutes. Je ne pense à rien de précis, juste au fait que je somnole assise sur une cuvette de toilettes, peut-être à la frontière entre deux mondes. Mon esprit s'égare déjà. Je ne veux penser à rien. Ne pas espérer. Cela doit bien faire trois ou quatre minutes que j'ai les yeux fermés, la réponse est donc déjà affichée à mes pieds, mais tant que je n'ouvre pas les yeux, je peux tout imaginer. Si le smiley fait la tête, ce n'est pas la fin du monde, on est tellement heureux avec Nicolas, à voyager dans de nouvelles contrées dès que les congés le permettent. L'année dernière en Transsibérien de Moscou à Pékin, celle d'avant à vélo d'une île indonésienne à une autre. L'année encore avant, la descente de l'Amérique latine en bus locaux prêts à rendre l'âme à chaque virage mais qui nous ont finalement toujours menés à bon port au milieu des rires discrets des enfants ou des ronflements sonores d'ancêtres au visage buriné et ridé durant les nuits interminables de route.

Il faut que j'ouvre les yeux et que je regarde. Je ne peux pas passer la journée dans les toilettes, j'ai rendez-vous à dix heures avec l'équipe des créas.

Je soulève lentement les paupières et attrape le bâtonnet posé au sol. Une tête de bonhomme me sourit fixement. C'est ce visage sans nez qui m'annonce que j'attends un bébé. Une vague d'émotion enfle à l'intérieur de mes poumons. Une vie existe à l'intérieur de moi.

Je me lève brusquement, ouvre d'un grand coup la porte de la chambre où Nicolas somnole encore, « Nicoooo », me jette nue sur le lit en soulevant la couette d'un coup sec pour me blottir contre son corps chaud qui sent encore la nuit. Je lui chuchote « je suis enceinte ». Il me serre très fort dans ses bras toujours dans son sommeil.

Elsa repense à Mélodie et ne peut s'empêcher de se demander où en sera son couple dans dix ans, quinze ans. Le réveil projette les chiffres digitaux rouges 23:59. Il faut vraiment qu'elle s'endorme avant les quatre zéros qui vont leur succéder dans moins d'une minute.

2.

Déjà deux semaines depuis la rentrée. Paul et Gaëtan ont proposé à Romain d'aller boire un verre après les cours mais il a décliné. Il n'en a toujours pas le courage. Pas l'envie. Pourtant c'est une belle journée d'été indien. La lourdeur écrasante du mois d'août a fini par s'estomper. Il reste un ciel bleu clair, lézardé de traînées blanches et une légère fraîcheur juste suffisante pour ne pas avoir trop chaud tout en restant en tee-shirt dehors. Cependant la météo lui importe peu. Depuis deux ans, il n'arrive pas à sourire et ne supporte plus d'être dépendant des autres.

Romain pousse avec rage sur sa roue coincée pour tenter de la faire sortir de la grille qui entoure le platane. Rien ne bouge. Il essaye en tirant. Après dix minutes d'efforts qui le font transpirer et font perler des gouttes de sueur sur son front, il parvient enfin à s'extirper de la crevasse. Il s'écarte prudemment de la lignée des platanes pour longer les rebords de fenêtres, noircis de pollution. Il évite de justesse un rétroviseur de moto garée sur le trottoir. Il privilégie les petites rues et contourne le boulevard passant du haut, synonyme de regard des autres. Celui-ci lui pèse quand il circule dans son fauteuil. Il se sent passif. Diminué. Inutile. Il a l'impression que tous les yeux sont braqués sur lui. Alors il tourne son regard ailleurs pour éviter leur gêne. Il voit bien qu'ils luttent entre la volonté de le regarder comme si de rien n'était et celle de regarder ailleurs, tout en lui jetant des coups d'œil de biais. Il lit dans leur expression interloquée ou pleine de pitié « comment un tel beau gosse s'est retrouvé dans ce fauteuil ? »

Des cheveux bruns épais, en bataille, des sourcils fournis faisant ressortir ses yeux verts, la peau mate, une mâchoire carrée, autrefois un air malicieux et une bouche rieuse qui était toujours prête à s'épanouir en un large sourire à la moindre blague. Il avait toujours fait partie des garçons remarqués par les filles au collège, et se déplaçait entouré d'une bande de copains.

A présent, il préfère être seul.

Il descend la rue déserte, la pente douce aidant, et se dirige vers le petit square qui abrite un terrain de basket généralement à l'abandon. Il sort son ballon du sac de toile dans lequel il l'a caché, fait deux-trois tours de roues pour se positionner et vise. Panier. Soulagement.

Ce samedi, comme chaque week-end, il avance, il fonce toujours plus vite, les paysages défilent comme dans un film en accéléré. Cette fois il a choisi l'Alpine comme voiture de course. Il peine à maîtriser sa vitesse et roule régulièrement sur la bande rouge et blanche du bord de piste, manquant de se fracasser contre les glissières de sécurité ou de faire un vol plané vers les spectateurs. C'est la première fois qu'il ne fait à ce point qu'un avec sa voiture. Il a bientôt terminé ses sept tours de circuit et s'apprête à profiter de la dernière ligne droite pour une accélération désespérée lui permettant de doubler la Ferrari.

Romain est hypnotisé par l'écran, sa capuche de sweat lui tombe sur les sourcils, son corps avachi s'est enfoncé au fil de l'après-midi dans le canapé mou. La nuit a obscurci la pièce et les rayons du soleil rasant qui deux heures avant pénétraient en diagonale dans la salle de séjour ont cédé la place aux jets lumineux orange et vert projetés par le jeu.

Soudain, l'éclairage blanc de l'halogène l'éblouit. Il lève les yeux. Sa maman est debout dans l'encadrement de la porte. Le son est tellement fort dans son casque qu'il ne l'a pas entendue arriver.

- Romain, tu n'es pas sorti de la journée avec le temps magnifique qu'il a fait ?!

Le ton désapprobateur le crispe, ses doigts se tendent sur la manette. Il ne répond pas.

- Tu m'entends ? c'est pour ton bien que je dis ça. Il faut que tu prennes l'air, tu ne peux pas passer ta vie devant tes jeux vidéo.

Il est toujours dans la même position, le regard fixé droit devant lui sur l'image en pause du bolide en plein vol. Il enrage. Pour une fois qu'il avait atteint ce niveau, il a fallu qu'il soit interrompu.

C'est le seul remède qu'il a trouvé pour oublier. Ou plutôt pour tenter de s'extraire de la réalité le temps de ses échappées dans ces univers parallèles, dans lesquels il court, saute, vole, comme tous les autres, voire plus vite que les autres.

La nuit suivante, Romain jette un œil sur l'heure affichée en bas à droite de l'ordinateur : 3:12. Il vient de jouer pendant presque quatre heures d'affilée après avoir fait mine de se coucher vers vingt-trois heures. Ses parents se sont couchés juste après et n'ont rien remarqué, comme chaque soir. Il voit son reflet superposé aux images sur l'écran. Ses yeux sont rougis d'épuisement et soulignés de cernes bleuies. Il pose sa tête sur le clavier, il n'a pas le courage de s'extirper de son fauteuil pour basculer dans son lit. Et comme s'il était voué à ne jamais s'endormir en paix, les images reviennent, réelles celles-là.

Août, il y a un peu plus de deux ans.

Le soleil est au plus haut. La lumière est blanche, aucune ombre, aucun contraste. Des corps de tous genres gisent écrasés par la chaleur sur des serviettes collées les unes aux autres. Pas un seul grain de sable rugueux ne filtre. Les couleurs criardes des maillots de bain jurent avec celles des parasols. Moment suspendu uniquement troublé par les cris et rires des quelques jeunes enfants dont les parents ont sacrifié la sieste. Et les nôtres ; Sébastien, Olivier, Fred, Nathan et moi, en train de faire notre rituel concours de plongeon. Le même depuis presque trois ans. On court sur une sorte de rocher suspendu au chemin qui surplombe la crique en contre-bas, une détente puissante du pied pour décoller du sol, et… version la plus basique, on atterrit en « bombe » à gros renforts de bruit et d'éclaboussures… ou plus artistiquement on élance notre corps svelte et musclé en salto avant ou arrière… ou enfin simplement en plongeon négligemment parfait, les mains jointes vers l'avant à la dernière minute, pour un piqué en fusée trois mètres en dessous. C'est l'option que j'avais choisie ce jour-là. J'avais aperçu du coin de l'œil Vanessa arriver avec ses copines et je savais qu'elle méprisait les sauts lourds en éclats. Trop gamin sans doute. J'espérais qu'elle apprécierait le gracieux du geste. Je n'ai jamais su.

J'essaye de soulever mes paupières. Je n'y arrive pas. J'ai l'impression qu'elles sont collées. Trop lourdes. J'ai probablement réussi à ouvrir un petit bout car j'aperçois un néon. La lumière, artificielle cette fois, m'aveugle. Le plafond tourne autour de moi. Une odeur chimique que je n'arrive pas à identifier me prend à la gorge. Je me sens nauséeux. Je referme l'œil quelques secondes. Qu'est-ce qu'il m'est arrivé ? Où ai-je atterri ? Je ne sais pas. Ou je préfère ne pas savoir. Je flotte dans un état cotonneux et lutte pour me souvenir de l'endroit où je me trouvais auparavant.

J'essaye à présent de déplacer mon bras. Je ne sens plus rien au niveau des jambes et ai besoin de les toucher pour comprendre. J'écarte avec peine le drap qui les recouvre. Je parviens finalement à étendre ma main vers ma cuisse, mais il n'y a rien au bout. Elle est pourtant là. Je vois mes doigts la toucher. Ils butent bien contre une masse mais celle-ci est déconnectée de mon corps. J'ai l'impression de n'être plus qu'un buste. Qu'une moitié de corps. J'essaye de me tourner d'un côté ou de l'autre, dans ce lit d'hôpital transformé en cage, mais la partie inférieure ne répond pas. La deuxième moitié de mon corps est morte.

Tout tourne autour de moi. Je comprends que je ne marcherai plus. Je hurle. Personne ne m'entend cependant car le hurlement est profond, il vient du cœur de mes entrailles, remonte comme un tourbillon fou et explose dans ma tête, se cognant contre les parois. Mais le son ne sort pas. Il est coincé à l'intérieur, comme la peur, le désespoir, l'incompréhension qui s'entrechoquent dans un chaos de sentiments.

3.

Ça y est, Elsa est prête. Six minutes chrono pour remplacer son jean et son tee-shirt par une robe légère dos nu, soupçon de poudre qui éclaire son visage encore hâlé de l'été, trait noir sous les yeux, ombre à paupières doré en supplément, qui réhausse le vert d'eau de ses yeux, crayon à lèvres. Le rouge à lèvres mordoré, elle le mettra juste avant d'arriver ; c'est comme pour le bureau, elle veut pouvoir faire de vrais bisous aux enfants avant de partir. Elle donne encore un coup de brosse à ses cheveux qui tombent légèrement ondulés sur ses épaules pour les faire briller. Elle est fière de leur couleur blond vénitien si originale, mais guette régulièrement l'apparition de cheveux blancs, anticipant l'angoisse de ne pas trouver de coloriste assez expert pour reproduire cette teinte rare le jour venu.

Elle dégringole les escaliers et embrasse la scène d'un coup d'œil, attendrie devant ses trois enfants si différents : Eliot, des cheveux roux en bataille, un air espiègle avec ses tâches de rousseur et ses minuscules dents de lait, Margot, des cheveux bouclés châtain qu'elle essaye déjà de maîtriser et de tirer sans succès, un large sourire rempli de trous, Léa, longue et fine, un visage très doux avec des yeux verts en amande et un chignon de patineuse artistique planté au sommet du crâne qui la grandit encore.

La baby-sitter est déjà là en train de les faire dîner. Nicolas attend dans l'entrée. Il se met au volant sans un mot, règle le GPS tandis qu'elle peaufine son maquillage dans le reflet du miroir intérieur. Elle juge le résultat convenable d'un point de vue qualité - temps passé.

Nicolas se gare un peu loin de chez Céline et Jérémy, leurs amis qui habitent dans la Mouzaïa, quartier de ruelles piétonnes. Elsa regrette d'avoir mis directement ses sandales à talons. D'habitude, elle part toujours en tongs ou en baskets et les troque contre des stilettos au coin de la rue ou dans le hall de l'immeuble. Elle trottine derrière Nicolas qui marche déjà trois mètres devant, manquant de se tordre la cheville entre les pavés.

Il l'attend quand même avant d'arriver devant le muret qui sépare le jardin de la rue piétonne. Celui-ci est envahi de bougainvillier grimpant qui embaume l'air et dont les effluves la ramènent dans la salle de bain vieillotte de sa grand-mère. Elle se revoit petite se hisser sur la pointe des pieds pour s'apercevoir dans le miroir de la coiffeuse et y croiser le regard malicieux de son aïeule tandis que celle-ci se poudrait le visage dans un nuage et s'aspergeait avec son gros flacon d'eau de Cologne. A côté trônait une vasque transparente remplie de boules de coton jaune, rose, vert pastel, soyeux comme des chamallows.

Ils passent la grille côte à côte, renvoyant sans doute l'image d'un couple assorti et complice songe Elsa en jetant un œil sur Nicolas. Juchée sur ses talons, elle fait quasiment sa taille, ils sont grands et élancés tous les deux.

Il est encore tôt, le jardin est inondé de lumière au milieu des rayons du soleil couchant et Jérémy remplit les coupes des quelques invités déjà présents. Elsa s'arrête devant chacun pour faire la bise et se présenter à ceux qu'elle ne connaît pas, rituel rendu impossible passé une certaine heure. Dans la cuisine, elle retrouve Cécile et Nath qu'elle n'a pas vues depuis plusieurs mois. Bouffée d'air, rires, insouciance. « Venez les filles, on va se fumer une clope dehors ».

Un hot-dog, trois coupes de champagne, deux verres de caïpirinha plus tard, Elsa rigole avec Géraldine, cousine de Jérémy complètement déjantée qu'elle n'avait jamais vue auparavant.

- Dis-donc c'est génial l'appel à projets de Nicolas !
- Ah bon ? lequel ?
- Ben la compétition à laquelle il participe avec son cabinet !
- Ah oui c'est vrai.

Pas possible d'avouer que Nicolas ne lui en a pas parlé. A nouveau, un sentiment furtif d'oppression dans la poitrine, un léger malaise, qu'elle chasse rapidement. Justement, Nicolas passe devant elle et lui fait signe d'un froncement de sourcils, imperceptible pour les autres, qu'il est temps de partir. Elle fait comme si elle ne l'avait pas vu et poursuit sa discussion affalée dans sa chaise longue. Les copains de Géraldine se sont approchés et les conversations se mêlent les réunissant en un seul groupe. Elsa observe du coin de l'œil Nicolas qui s'impatiente, sa veste à la main, et sait qu'elle ne va bientôt plus pouvoir faire semblant de ne rien remarquer. Après quelques pas, il revient vers elle et lui dit à voix basse, mais suffisamment fort pour que tous l'entendent « la baby-sitter… elle ne voulait pas rentrer tard ». Moue dubitative d'Elsa qui a géré la baby-sitter et sait qu'elle n'avait pas de contrainte horaire. Mais elle capitule… enfin pas complètement. Elle passe quand même faire une bise d'au revoir à tous les vieux potes, ainsi qu'aux nouveaux rencontrés ce soir autour d'un verre, ce qui lui permet de prolonger la soirée au maximum. Elle se sent un peu sournoise de faire ça alors que Nicolas l'attend, mais si elle ne profite pas de ces quelques soirées, somme toute assez rares, elle risque de voir sa vie ne se réduire qu'à son boulot, la gestion du foyer et ses enfants.

Nicolas ayant disparu, elle se dirige vers la grille et le retrouve en sentinelle à quelques mètres de là dans la ruelle. Dès qu'il la voit, il se met en mouvement. Elle le suit et tente un « c'était sympa, hein ? » mais un marmonnement lui répond. Elle a du mal à le suivre, freinée par ses talons, les pavés et les mélanges alcoolisés. Alors elle lui emboîte le pas, quelques mètres en arrière. Comme à l'aller. Arrivés à la voiture, il lui tend les clés. « Heu non ça va, conduis plutôt ». La radio se déclenche au démarrage ; coupée d'un geste sec. Le retour se passe dans le silence. Elsa observe les lumières de la ville, la vie parallèle qui se déroule dans la rue : les bandes d'amis qui sortent de soirée, les bars qui débordent sur le trottoir en cette nuit d'été indien, un couple enlacé, un clochard affalé sur son matelas. Elle se demande si les autres sont plus heureux qu'elle. Et elle-même ? se sent-elle heureuse ? elle ne sait pas. Elle a des enfants fabuleux mais aimerait tant retrouver une complicité avec Nicolas. Elle pressent que c'est vain, qu'il lui échappe dans un univers à part où il a choisi d'être en solitaire.

Elle envoie un texto à la baby-sitter pour la prévenir de leur arrivée. Claquements de portières. Nicolas monte directement la laissant régler la jeune fille. « Tout s'est bien passé ? Eliot n'a pas fait de difficultés ? je vous dois combien ? ça va aller pour rentrer ? je vous appelle un taxi… » tout en défaisant ses sandales. Elle monte enfin sur la pointe de ses pieds nus, passe regarder Eliot et coller son nez contre sa bouche entrouverte pour s'enivrer de son odeur, va embrasser Margot et reborder Léa dont les draps sont en bouchon sur le côté.

Quand elle arrive au deuxième étage, tout est éteint. Elle allume le néon de la salle de bain et à l'aide d'un coton démaquillant efface doucement les traces de cette soirée.

Les jours suivants, Elsa essaye de trouver un moment pour échanger avec Nicolas. Mais elle ne parvient pas à être seule avec lui plus de cinq minutes sans être interrompue par les cris des enfants et qu'il ne la coupe en disant « on ne s'entend pas là, va t'occuper d'eux, je finis de ranger ». En général, elle abdique assez rapidement. Il faut être deux pour communiquer, pourquoi s'obstiner à parler dans le vide ou à essayer de couvrir le tumulte des enfants.

Ce mercredi matin, Léa est déjà partie au collège, Margot et Eliot dorment encore comme ils n'ont pas école. Linda va arriver un peu plus tard. C'est le seul jour de la semaine qui démarre moins sur les chapeaux de roue.

La cafetière ronronne et crachote sur le zinc qui contraste avec le carrelage d'origine, vert foncé et blanc. Elsa tente sa chance.

- Tiens mes parents m'ont proposé de garder les enfants ce week-end, il va faire super beau, on pourrait en profiter pour prolonger l'été ?
- Oh non, on vient à peine de rentrer, j'ai envie de me poser.
- Mais on n'est pas obligé de faire grand-chose… on pourrait aller à Honfleur par exemple et se réserver une petite chambre au bord de la mer ?
- Vas-y si tu veux, moi je reste.

Elle reste la bouche ouverte, abasourdie, et n'a pas le temps de formuler son argument suivant qu'il est déjà parti.

4.

Romain sent des bras le soulever avec douceur pour le décoller de son clavier sur lequel il a passé la nuit en guise d'oreiller. Sa nuque est raide et endolorie et il peine à se désarticuler et se redresser. Il se traîne dans son fauteuil jusqu'à la salle de bain dont le miroir lui renvoie un visage effrayant : blafard, cerné, dur.

Il est encore très tôt, seule une faible lueur filtre à travers les rideaux. Il revient dans sa chambre et bascule ou plutôt s'écroule du fauteuil dans son lit.

Je suis poursuivi par une créature non identifiée dans un labyrinthe avec des murs tellement hauts qu'on n'en voit pas le sommet et j'essaye de courir mais sans y parvenir. J'ai beau essayer d'avancer, mes mouvements sont freinés par une force invisible. Je lutte, je pousse, j'enrage, je crie, je pleure.

Romain sent qu'on le secoue et finit par se réveiller. Son père tire les rideaux en grand et maugrée que ce n'est pas possible d'avoir un rythme pareil, que lui est levé depuis six heures, a déjà fait le marché et été nager.

Tous ont soutenu Romain, ont adapté leur vie, ou au moins un bout, pour l'aider, et tenter de rendre supportable l'insupportable. Ses parents ont réagencé la maison, transféré sa chambre du premier au rez-de-chaussée, ses copains se sont relayés pour lui apporter ses cours pendant sa convalescence, Camille, sa sœur, a fait des efforts pour être moins peste avec lui. Mais il en veut à tout le monde : à sa mère, son père, Sébastien, Olivier, Paul, Gaëtan, Camille. De continuer de marcher, courir, dévaler les escaliers, flâner au bord des étangs, faire des courses, taper dans un ballon, traverser la forêt en VTT. Sans s'en rendre compte. Ou juste de se tenir debout. C'est ce qui lui manque le plus. La spontanéité de se mettre debout sans réfléchir, sans mettre des attelles. Droit sur ses jambes. Haut. Mais les siennes sont mortes. Elles ne le portent plus, ne le porteront plus jamais.

Romain est adossé contre l'angle du canapé comme presque tous les samedis après-midi, la capuche de son sweat sur la tête, ses jambes inertes allongées sur les coussins et les manettes sur les genoux. Il profite d'une seconde de pause pour jeter un œil à sa maman affalée sur la méridienne en face de lui. Après avoir fait défiler les pages sur sa tablette pendant un long moment, elle s'est assoupie. Son visage peine à trouver une quiétude totale. Des petits plis barrent son front derrière ses mèches blond cendré, comme si des ombres rodaient encore malgré la détente de la sieste. Romain reporte son attention sur le grand écran sur lequel il a branché la console et est aussitôt happé par l'univers de son nouveau jeu. Des petits carrés de tissus de différentes couleurs volettent sur une corde comme du linge sous l'effet d'une brise légère au milieu de chaînes de montagnes himalayennes. Les moines bouddhistes ont été attaqués et sont pulvérisés dans un nouveau monde. Il est aspiré à leurs côtés tournoyant sur lui-même dans la spirale d'un vortex qui n'en finit pas. Les vibrations de centaines de gongs résonnent dans son casque tandis qu'il perd complètement pied. Le son s'amplifie et il tourne de plus en plus vite, les bras écartés comme s'il volait. Et soudain, le bout du vortex qui n'était qu'un minuscule point noir explose et il atterrit sur de grandes étendues d'herbes. Il se demande étourdi s'il est toujours en Himalaya et dévale la pente les bras en l'air en regardant le ciel bleu, les yeux éblouis de soleil. Il court, arrive devant une petite rivière, trébuche, se relève, marche sur des pierres qui roulent. La bande son est exceptionnelle : des instruments tibétains qui se répondent en stéréo, sur fond de gongs, bols chantants, bâtons de pluie.

Le bruit de la clé dans la serrure qu'il entend grincer au moment d'une pause de la musique le fait brusquement revenir à la réalité. Par réflexe, il fait un mouvement pour se lever. Mais bien sûr, ses jambes restent immobiles. Il est à chaque fois stupéfait de réussir encore à oublier la mort du bas de son corps quand il est à ce point immergé dans son jeu.

- Ça va mon grand ? lui lance son papa qui apparaît dans l'embrasure de la porte en tenue de running.

Depuis deux ans, son père s'est lancé dans le triathlon à haute dose. Il pratiquait déjà les trois sports, course, natation et cyclisme, de manière plus ou moins intense selon les saisons, mais s'est mis à les combiner en compétition quelque temps après l'accident.

Il a essayé d'intégrer Romain dans chacun de ses sports, avec un succès mitigé. Il les a inscrits tous les deux à une course à pied dans Paris dans laquelle il le poussait. Ce jour-là, ils étaient partis dans le sas prioritaire et Romain avait été rapidement pris de nausée. Lui qui avait couru beaucoup de cross dans le cadre du collège ne supportait pas de se retrouver en position assise pour faire une course. Il avait serré très fort les mâchoires et contenu ses larmes pendant toute la compétition. A l'arrivée, son père, dont le visage était rouge marbré de blanc, n'avait pas pu lui parler tout de suite. Même s'il était un coureur chevronné, l'effort déployé pour effectuer ces dix kilomètres en poussant soixante-quinze kilos (le fauteuil et Romain) était différent de l'effort habituel. Romain avait essayé de masquer sa frustration et était resté silencieux. Son père avait compris que ce n'était sans doute pas la bonne piste pour un sport en commun.

Sa mère se redresse de son côté et rattrape sa tablette qui est en train de tomber.

- Je dîne pas là, bonne soirée ! lance Camille le courant d'air en dévalant l'escalier.

Elle est pimpante dans sa mini-jupe et son blouson de cuir noir, et est plus maquillée que d'habitude.

5.

La cabine téléphonique, vestige d'une autre époque, a résisté au temps et aux changements du quartier. Elle n'est pas aussi chic et pompeuse qu'une cabine anglaise dont le rouge vermillon symbolise l'élégance mais elle n'en est que plus attachante avec ses airs d'années quatre-vingt. Elle se dresse grise, isolée, au cœur de la place Arthur Rimbaud. Elle a été transformée depuis quelques années en boîte à livres. Des étagères rajoutées au bâti d'origine couvrent entièrement les deux pans en verre verticaux, laissant juste assez de place pour se glisser à l'intérieur. Les anciens annuaires aux couvertures blanches et jaune passé ont été conservés dans le casier sous le téléphone resté en place également. C'est donc un joyeux capharnaüm très encombré mais concentré de vie et d'histoire ; une mini-bibliothèque dont les rayons évoluent au gré des dons et des emprunts, concept unique dans un monde où plus rien n'est gratuit, ni obtenu sans réservation. Non seulement elle offre un choix varié, donnant parfois envie de prendre plusieurs livres à la fois, mais en plus elle brosse un portrait bigarré des personnes qui sont passées par là.

Même quand elle a un livre en cours de lecture, Elsa ne résiste pas à la tentation de pousser la porte pour balayer rapidement du regard l'offre du jour. Ses yeux repèrent directement les nouveaux livres qui ont été ajoutés, et elle ne peut s'empêcher d'imaginer leur ancien propriétaire.

Ce mardi d'octobre, elle est pressée ; mais comme tous les jours finalement. Elle dépasse la cabine d'un pas rapide puis se ravise. Ses stops à la cabine lui manquent terriblement et le mois de septembre étant passé comme un tourbillon, elle n'a pas encore trouvé le moyen de s'y arrêter. Elle se dit qu'un petit coup d'œil ne la mettra pas en retard, en tout cas, pas plus qu'elle ne l'est déjà. Elle fait demi-tour et tire la porte, un peu lourde. Elle balaye les rayons d'un regard. L'offre s'est diversifiée d'un seul coup par rapport à début septembre où les livres de développement personnel et d'estime de soi s'étaient multipliés. Le choix est devenu plus éclectique, ce qui lui plaît. Elle s'accroupit pour examiner les étagères du bas et parcourt les titres en faisant défiler les tranches de livres du bout des doigts : *S'abandonner à vivre*, Sylvain Tesson, *Des souris et des hommes*, John Steinbeck, *Le collier de la reine*, Alexandre Dumas, *Le hussard sur le toit*, Jean Giono, *Le mystère Frontenac*, François Mauriac, *Apprendre à tricoter pour les nuls*. Elle est tentée d'en prendre plusieurs, mais se retient. Ce n'est pas le principe de la cabine à livres. Elle sort *Vernon Subutex 2*, de Virginie Despentes, le feuillette rapidement et le repose. Elle l'a déjà. Elle soulève l'énorme volume *Le royaume des femmes* d'Irène Frain pour lire la dernière de couverture en diagonale et passe au suivant.

Elle s'aperçoit qu'un volume épais un peu écorné est coincé sous les autres, ce qui explique qu'elle ne l'avait pas vu au premier abord. *Belle du seigneur*, d'Albert Cohen. Elle se rappelle qu'elle avait essayé de le lire au lycée mais n'avait pas accroché. Elle jette un coup d'œil à sa montre, éclair d'effroi, elle y a finalement passé beaucoup plus de temps qu'elle ne le pensait, et cette fois elle est vraiment en retard. Elle enfouit le livre au fond de son sac, serre son coude sur les anses pour les maintenir fermées contre ses côtes et se met à courir.

Elle enchaîne les rendez-vous toute la journée : d'abord avec une présentation de tendances par une agence spécialisée dans la beauté puis, de retour au bureau, plusieurs réunions d'affilée.

Au dîner, Eliot l'interroge :

- Maman, d'où elle vient la mer ? Qu'est-ce qu'il y avait avant ? Comment elle est apparue ?

Soudain elle a envie de blaguer ; de rire ; de vérifier si Nicolas a encore de l'humour.

- Ben c'est Dieu qui a créé la mer ! C'était quel jour déjà Nicolas ? Le deuxième ?

Pour toute réponse, elle reçoit un regard noir.

- Tu ne vas quand même pas faire du prosélytisme !

Raté. Mais elle rigole toute seule de sa propre blague.

Les enfants sont enfin couchés, Nicolas aussi. En fouillant dans son sac pour chercher sa carte vitale et remplir une feuille de maladie, Elsa sort le livre qu'elle avait complètement oublié. Bonne surprise. Elle prend une couverture douillette et s'installe confortablement dans le canapé sous la verrière sur plusieurs coussins mous. Cette grande pièce est sa préférée : une vaste véranda à l'ancienne, restée dans son jus avec ses jointures de fer qui relient chaque pan de verre, et son vieux parquet qui est le seul qu'ils n'aient pas changé. Elle y passe ses rares moments seule à lire et regarder le jardin.

La lecture l'absorbe rapidement. Elle n'avait qu'un vague souvenir de l'histoire d'amour et pensait que le livre se réduisait à cela mais elle réalise que la première partie est centrée sur la peinture de la nature humaine, à côté de laquelle elle était complètement passée adolescente. Elle reconnaît l'entreprise d'aujourd'hui dans sa description de la Société des Nations des années trente. Et l'aspiration d'Adrien Deume, mari pitoyable d'Ariane, à monter les échelons administratifs dans le but d'étaler ensuite son statut la frappe par son atemporalité. Page 56, un petit trait au crayon en marge d'« *action astucieuse en vue de promotion au grade A* » attire son attention, ainsi que page 87 « *Depuis sept mois je plafonne B et Van Dries ne fera rien, tu entends, rien pour que je devienne A !* » Elle n'en revient pas de découvrir que cette manie des grades existait déjà en entreprise il y a quatre-vingt-dix ans !

Elle s'amuse des monologues interminables pleins de dérision et d'ironie dépeignant les manigances de Deume au bureau pour faire croire qu'il est très occupé et paraître important aux yeux de sa femme. Il lui raconte fièrement qu'il a croisé le SGG (Sous-Secrétaire-Général) page 78. La série de petits bâtonnets dans la marge de certaines phrases intriguent Elsa. « *Dans la vie ma chérie, on n'arrive à rien sans relations, et il n'y a rien de plus commode que les cocktails pour se faire des relations* » page 85. Elle y accorde encore plus d'attention. « *Vois-tu, des rapports personnels avec les supérieurs hiérarchiques, c'est l'alpha et l'oméga de la réussite.* » page 88. Beurk. Le réseau, le réseau, le réseau. Cela lui rappelle Natasha. Tout le monde a beau lui dire que c'est grâce au réseau que l'on progresse, Elsa a du mal à adhérer à ça. Elle veut pouvoir échanger avec les gens de manière désintéressée, sans l'objectif sous-jacent de plaire pour obtenir une promotion ou un grade en échange.

La semaine suivante, Nicolas est en déplacement de jeudi à samedi. Elsa en ressent presque un soulagement. Quand il n'est pas là, elle baisse la garde, est moins sur le qui-vive ; elle n'a personne à ménager, n'a plus à craindre que les enfants fassent trop de bruit. Elle a hâte de retrouver Ariane et Solal et pour une fois les enfants ne font pas trop de difficulté à se coucher. Comme quoi, parfois, une seule autorité est plus efficace que deux.

Elle est déjà à la page 137 et lit avec délectation le manège de Deume pour approcher les gens importants « *sans en avoir l'air* » lors d'un cocktail, « *attendant une occasion de capture* » tout en éloignant les importuns. « *Après une longue espérance, toujours déçue, nul considérable ne l'ayant reconnu ni même regardé, il quitta son poste de pêche, alla vaquer plus loin, les yeux chercheurs, mais ne trouvant rien à harponner. Les gros poissons, ministres et ambassadeurs inconnus, étaient trop gros pour lui. Le reste, dans un coin, n'était que de la blanchaille sans intérêt.* ». Au début de chaque chapitre elle se promet que c'est le dernier, mais une fois la dernière page tournée, enchaîne finalement sur un nouveau. A minuit passé, elle a déjà atteint la page 302 qui relate le cocktail mensuel au Secrétariat de la Société des Nations.

« *Verres givrés en main et y contemplant les glaçons flottants, les invités importants étaient, selon leur tempérament, furieux ou mélancoliques lorsqu'ils étaient abordés ou happés au passage par un invité moins important et en conséquence inutile à leur ascension mondaine ou professionnelle. Le regard vague et l'esprit absorbé par des méditations stratégiques, feignant d'écouter le raseur qui, tout ravi de sa capture, faisait le charmant et le sympathique, ils n'en supportaient l'improductive compagnie que provisoirement et en attendant mieux, c'est-à-dire la fructueuse prise de quelque supérieur.* » Elsa sourit en réalisant à quel point c'est vrai. « *Ils la supportaient soit parce qu'elle leur procurait un plaisir passager de puissance et d'affable mépris, soit parce qu'elle leur donnait une contenance et les préservait de la solitude, plus redoutable encore que d'être vu en conversation avec un inférieur, ne connaître personne étant le plus grand des péchés sociaux. (...) les importants, tout en marmonnant de vagues « oui, oui, certainement », avaient des yeux inquiets et mobiles, surveillaient la bourdonnante cohue et, sans en avoir trop l'air, la balayaient d'un regard circulaire et périodique, phare tournant, dans l'espoir du poisson de choix, un surimportant à harponner dès que possible.* » Le passage entier est marqué d'un trait vertical au crayon dans la marge. Elsa lève les yeux du livre et se remémore la dernière soirée Natura qui accueillait les patrons des plus gros distributeurs. La nervosité de Natasha, avec qui elle discutait, montait au fur et à mesure que Gérard, le grand manitou de l'industrie cosmétique, approchait. Elle voyait Natasha le surveiller du coin de l'œil tout en continuant de lui répondre de plus en plus distraitement, jusqu'à ce que cette dernière s'échappe finalement au prétexte d'aller se chercher un verre. Mais elle manqua son coup car, au moment où elle allait tendre la main et se présenter, Gérard répondit à un coup de fil. Elsa se souvient amusée qu'elle avait bien rigolé de son poste d'observation où elle était restée seule, sa coupe à la main. Finalement, Gérard, son appel terminé, avait croisé par hasard sa propre trajectoire en se dirigeant vers le buffet et s'était arrêté pour la saluer devant Natasha dépitée.

Un autre souvenir lui revient brusquement. Une impression de déjà-vu. Elle se lève d'un bond et va chercher l'exemplaire de Cyrano de Bergerac qu'elle n'a pas encore reposé dans la boîte à livres depuis le mois de juillet. Elle croit se rappeler à présent que quelques passages annotés avaient attiré son attention sans qu'elle y prenne vraiment garde. Elle fait tourner les pages dans ses mains jusqu'à ce que le même petit trait de crayon lui saute aux yeux. C'est le passage dans lequel Cyrano refuse avec véhémence de devenir le poète officiel du Comte de Guiche.

« Et que faudrait-il faire ?

Chercher un protecteur puissant, prendre un patron,

Et comme un lierre obscur qui circonvient un tronc
Et s'en fait un tuteur en lui léchant l'écorce,
Grimper par ruse au lieu de s'élever par force ?
Non, merci. Dédier, comme tous ils le font,
Des vers aux financiers ? Se changer en bouffon
Dans l'espoir vil de voir, aux lèvres d'un ministre,
Naître un sourire, enfin, qui ne soit pas sinistre ?
Non merci. (...)
Bref, dédaignant d'être le lierre parasite,
Lors même qu'on n'est pas le chêne ou le tilleul,
Ne pas monter bien haut, peut-être, mais tout seul ! »

Elsa commençait à être de plus en plus intriguée par ces annotations qui résonnaient en elle. A chaque nouvelle page, elle se demandait si elle allait découvrir un nouveau commentaire du mystérieux lecteur. Elle se demandait aussi quel passage elle surlignerait de son côté. Est-ce qu'elle aurait sélectionné les mêmes ? Et d'ailleurs qui était-ce ? Probablement l'ancien propriétaire de ce livre… ou celui d'avant… le livre avait-il déjà tourné entre plusieurs mains, plusieurs boîtes à livres ? Elle se dit que ce serait une bonne idée de mettre son nom à chaque fois qu'on dépose un livre… et pourquoi pas une note ou un commentaire ? afin de constituer une chaîne et une communauté de lecteurs. Mais de lecteurs en chair et en os de livres en papier.

D'ailleurs, cette personne est-elle un homme ou une femme ? jeune, âgée ? habitant dans le quartier ? Depuis le début elle a imaginé que c'est un homme, mais ne lui a pas donné d'âge.

Elsa sent ses yeux piquer devant les lettres qui s'entremêlent et volettent. Il est plus d'une heure du matin. Elle referme le livre et le range sur l'étagère. Elle le reprendra demain soir.

Le samedi suivant, le temps est maussade. Un ciel blanc sans aspérité, pas une seule petite trouée à l'horizon pour laisser percer un rai de soleil, et une bruine continue invisible à l'œil nu qui mouille de la tête aux pieds avant qu'on ait eu le temps de s'en rendre compte. Elsa opte donc pour une matinée au musée de l'Homme avec ses enfants. Bien que légèrement déconcertée par ce musée atypique, ne sachant par quel bout le prendre, elle abandonne rapidement ses tentatives d'explications pédagogiques et se contente de suivre ses enfants qui courent d'une découverte à une autre, du mur de langue à la momie précolombienne. Elle reste interloquée devant des embryons humains à plusieurs stades de développement conservés dans du formol à l'intérieur de petites fioles de verre transparentes.

De retour à la maison, l'après-midi se termine en tailleur sur le plancher de la véranda avec Mademoiselle Rose, Docteur Leblanc et le Colonel Moutarde, déambulant entre salle à manger, bibliothèque et petit salon.

Vers vingt heures trente, au milieu de la dernière partie avant d'aller se coucher, la clé tourne dans la porte. « Papaaaaaaaaaaaaaa » s'écrient les trois enfants en bondissant sur leurs pieds et abandonnant d'un seul coup Madame Pervenche et Professeur Violet. Embrassades, effusions des enfants qui l'agrippent de chaque côté.

Le « Salut » froid adressé ensuite à Elsa sonne le glas de la fin d'un samedi insouciant.

- T'as passé un bon week-end ?
- Oui, on a bien rigolé...

Nicolas prend son sac et disparaît en haut de l'escalier... Elsa refait une tentative un peu plus tard après avoir couché les enfants.

- Alors, vous avez fait quoi pendant votre week-end ?
- Ce n'était pas un week-end, c'était un samedi !

C'est une façon de voir les choses ; un départ le jeudi matin en séminaire et un retour à vingt et une heures le samedi. Elle n'en saura pas plus.

Les jours s'enchaînent les uns après les autres et Elsa se rend compte avec effroi qu'elle a beau barrer les choses à faire de sa « *to do* », cette dernière se remplit et s'allonge à nouveau inexorablement.

Elle sort les cahiers de liaison des cartables des enfants et signe les autorisations de sortie pour Margot et de cross pour Léa.

- Les enfants lavez-vous les dents !!

La sonnerie de son téléphone posé sur le plan de travail l'interrompt. « Natasha » s'affiche sur l'écran. Ce n'est vraiment pas le moment, ses mâchoires se serrent mais elle ne fait pas de commentaire et décroche en mettant le haut-parleur tout en continuant de signer les cahiers. L'accent russe résonne dans la pièce.

- On a une réunion exceptionnelle sur Malibu à neuf heures, tu peux y être ?
- Mais j'ai déjà la MOR.[1]
- Envoie Mélodie à ta place.

Un cri d'effroi l'interrompt.

- Maman ? Y a la mort à ton bureau ?
- Non t'inquiète pas, c'est le nom d'une réunion, ok Natasha, je vois comment je peux gérer, à tout à l'heure, allez les enfants on se dépêche, Eliot, tu n'as pas encore mis tes chaussures !

Elsa vérifie qu'elle a bien raccroché, empoche son téléphone, range les cahiers dans les cartables, aide Eliot à finir d'enfiler son blouson et les voilà partis.

En passant devant la Cabine à livres, elle repense à *Belle du Seigneur* qu'elle a terminé la veille au soir et qui est dans sa sacoche. Il lui a tellement plu, et elle s'est sentie tellement en accord avec les traits de crayon qui valorisaient avec justesse certains passages qu'elle se sent réticente à déjà le reposer. Après un instant d'hésitation, elle décide de le garder encore un peu.

---

[1] Monthly Operationnal Review, Revue Mensuelle Opérationnelle

Elle arrive juste à temps en salle de réunion : projet Malibu à l'agenda… La spécialité des Ressources Humaines, dégoter des noms de code qui font rêver pour des projets qui le font moins : encore un projet de transformation, un euphémisme, c'est-à-dire un projet de réorganisation où ils prévoient de faire partir deux-cents personnes.

6.

Ce dimanche matin de début des vacances scolaires de la Toussaint, le père de Romain est venu le tirer du lit pour l'emmener à la piscine. Heureusement qu'il avait arrêté les jeux plus tôt que d'habitude la veille. Il n'y va jamais seul, il a trop la flemme. Et pourtant, une fois qu'il bascule du fauteuil à l'eau, il se sent revivre. Ses jambes cessent d'être des poids morts, son corps redevient léger, tandis que ses bras qui se sont doublement musclés pour compenser la perte de ses membres inférieurs lui permettent de nager à la même vitesse que les autres. Comme dans les jeux vidéo, à la piscine, il n'a plus de fauteuil et redevient l'égal de tous.

Il enchaîne sans s'arrêter plusieurs longueurs alternant crawl, brasse coulée, dos crawlé. De temps en temps, il jette un œil au couloir voisin où son père nage quasiment en parallèle de lui. Il admire son corps harmonieusement musclé qui file sur l'eau sans accrocs, sans éclaboussures. Il est fier de son père. Mais une sorte de pudeur l'empêche de le lui dire.

Mardi, pour la première fois, Romain accepte de suivre ses copains pour prendre un verre. Il n'a pas mis les pieds façon de parler dans un bar depuis des mois. Mais, pas une seule fois Paul et Gaëtan ne se sont lassés de lui proposer. Ils entrent en file indienne au Cosmos où il est accueilli par un clin d'œil de Sylviane, la joviale patronne, quand elle le reconnaît. Il aime bien ce vieux bistrot resté dans son jus depuis plusieurs générations. Il retrouve avec plaisir le carrelage usé de losanges marron qui tapisse le sol, les chaises tressées serrées bleu marine et beige et les petites tables rondes. Pendant que ses amis s'installent, Romain passe de son fauteuil à la chaise d'une poussée sur les mains tandis que Sylviane fait rapidement disparaître son fauteuil dans la réserve afin qu'il n'encombre pas la salle exiguë. Paul et Gaëtan ont commandé des demis dès leur arrivée. Romain hésite. Il a commencé à s'habituer à l'amertume de la bière depuis l'été dernier mais n'a pas encore atteint le stade de réel plaisir quand il en boit. Il prendrait bien un diabolo menthe. Mais il sort tellement rarement. Il décide de les suivre, « pareil pour moi ». Ils rigolent de leurs moustaches mousseuses, il se sent bien avec eux, ses potes depuis la maternelle.

En cette semaine de vacances, la maison est à moitié déserte. Papa est en voyage pour le boulot en Allemagne, Camille est partie chez sa copine Clémence à Biarritz. La mère de Romain lui a proposé de partir au bord de la mer, de prendre un hôtel où il voulait, mais il a refusé. Il appréhende un tête à tête avec elle, durant lequel elle va sans cesse s'inquiéter pour lui, ou bien regretter que son père soit tout le temps en déplacement. Mais c'est un cercle vicieux. Son père est en effet de plus en plus souvent en voyage ; est-ce pour fuir les reproches et le visage fermé de sa femme, lui qui est toujours de bonne humeur et finit par laisser tomber après quelques tentatives de blagues qui font flop ? Ou bien est-ce pour fuir le spectacle de son fils handicapé ? Après réflexion, Romain ne penche pas pour cette deuxième hypothèse. Son père est toujours très présent quand il est là et déplore qu'il ne le suive pas plus dans ses sorties sportives.

Les journées de Romain se résument donc à se lever à midi passé, absorber une composition éclectique d'aliments de petit déjeuner et de restes du frigo. Il est conscient d'exagérer quand il pense « restes » car en général sa mère lui a préparé à l'avance un vrai plat, qu'il engloutit avec son lait au chocolat et un croissant industriel. Il va ensuite au terrain de basket en quelques tours de roue, après avoir vérifié à travers les grilles que celui-ci était désert, puis revient, déjà fatigué après trois ou quatre paniers et s'affale devant ses manettes et l'écran. Sa mère rentre tôt cette semaine car elle le sait seul à la maison.

Elle a été ravissante plus jeune comme le prouve la photo de mariage encadrée dans l'entrée, mais son visage s'est légèrement empâté, ses lèvres se sont pincées, creusant de fines ridules aux coins de la bouche et ses yeux gris se sont ternis. Le ton de sa voix est teinté d'aigreur.

- J'ai essayé d'appeler ton père, mais comme d'habitude, il n'est jamais joignable. Tant pis pour lui. Tu veux qu'on dîne devant un film ?

7.

Les enfants sont partis en vacances avec leurs grands-parents, une semaine avant Elsa et son mari qui les rejoindront au milieu de la semaine suivante pour bénéficier du pont. Elsa espère profiter de ce premier week-end sans enfant pour sortir avec Nicolas ; aller au restaurant, au théâtre, au cinéma. Mais ce dernier préfère se cloîtrer au garage pour dessiner des plans en écoutant des vinyles.

Elsa décide d'aller à la séance de dix-huit heures et, ne s'avouant pas encore vaincue, propose à Nicolas, qui décline, comme à chaque fois depuis cinq ans. Elle repense avec nostalgie au temps où ils avaient tous les deux leur carte Mk2 et allaient voir deux films par semaine. Ils aimaient surtout ceux avec Karine Viard, Sandrine Kiberlain ou Anna Mouglalis.

Dans le cinéma, la salle est presque vide. A tâtons dans la lumière tamisée, Elsa cherche le numéro de sa place, B9, parmi les rangées de fauteuils en velours rouge.... Elle préférait quand elle pouvait choisir son siège en jaugeant la salle d'un rapide coup d'œil ; elle était devenue experte pour sélectionner la meilleure place, centrale, ni trop près, ni trop loin de l'écran. A présent, même si la salle est encore quasiment vide au moment où elle y pénètre, elle sait que la majeure partie des places a déjà été réservée sur plan à l'avance et que le fait de s'asseoir sur un fauteuil déjà attribué est susceptible d'être source de conflits avec le « propriétaire » éphémère de la place. Un couple de septuagénaires est déjà installé sur le rang derrière elle. Cela lui rappelle que sa maman qu'elle a eue au téléphone plus tôt dans la journée, lui a dit qu'ils allaient au cinéma cet après-midi avec son père. Eux continuent de sortir ensemble après plus de quarante ans de mariage. Elle s'assied en clignant des yeux, sentant les larmes monter.

Chambre 212. Une femme, Chiara Mastroianni, quitte son domicile et observe son mariage depuis la fenêtre de la chambre de l'hôtel d'en face. Le film lui a semblé approprié.

À la sortie, elle monte l'escalier à la suite du couple aperçu au début. Ils ont tous les deux les cheveux gris et portent la même doudoune légère, celle que toutes les générations de toutes les classes sociales portent aujourd'hui. La doudoune fine prêt du corps, noire, grise, bleu marine, ou parfois jaune ou orange, dont les coutures visibles façonnent la forme en tranches parallèles égales. L'homme passe le bras autour des épaules de sa femme écoutant son avis sur le film.

Quand elle arrive, Nicolas a déjà dîné. Il est seulement vingt heures trente. Il est affalé devant le film *La piscine* dans la salle de télé au premier. Elsa décide finalement de le rejoindre avec son assiette pour prendre le film en cours et le regarder avec lui ; ou en même temps que lui, et éviter ainsi de dîner seule. Ce film dramatique, avec Alain Delon, Maurice Ronet, Romy Schneider et Jane Birkin, est fascinant. Etant arrivée au moment du crime, elle décide au terme du générique de relancer le début pour raccrocher les bouts, et finit ainsi la soirée comme elle l'a commencée ; seule devant un film.

Dimanche matin, Elsa pousse la porte qui la sépare d'un monde à part. Le bruit de fond de la soufflerie assourdit les sons environnants lui donnant l'impression de pénétrer dans un sous-marin. Sans discontinuer, des bras moulinent au-dessus de la surface et des jambes battent à rythme régulier, propulsant les corps le long des lignes boudinées rouges et blanches. Les bonnets de multiples couleurs rebondissent comme montés sur des ressorts. La lumière blafarde des néons se reflète dans l'eau bleue.

Elsa se raidit lorsque son orteil entre en contact avec l'eau ; impression peu agréable d'un bain refroidi. Elle enfile ses palmes et d'une légère poussée sur les bras tendus en arrière, se laisse tomber dans l'eau. Ses pieds heurtent aussitôt le sol, et ayant saisi sa planche restée sur le bord, elle s'élance sur le ventre afin de se réchauffer. Elle fait quelques zigzags pour s'écarter dès qu'elle sent une présence à ses côtés de crainte de recevoir un coup de pied.

Au bout de deux-trois longueurs, elle sent son corps et son cerveau se détendre. A présent sur le dos, ses bras et ses jambes battent l'air et l'eau de manière mécanique et elle se contente de regarder le plafond au-dessus de sa tête. C'est un dôme blanc majestueux strié de losanges bleus marines qui évoquent une île grecque. De temps en temps, elle doit réajuster sa trajectoire car l'arrondi de la forme qu'elle suit des yeux la fait dévier sans qu'elle s'en rende compte.

Elle repense à la dernière réunion Malibu de vendredi ; ces cadres dirigeants qui ont débattu sans état d'âme du sort de centaines de personnes en ne s'inquiétant que de la réputation de Natura lui ont semblé tellement navrants. Elle en est ressortie écœurée, ironisant avec amertume sur le fait que les personnes concernées par ce plan de départ ne partiront sûrement pas à Malibu. Elle chasse ce souvenir de ses pensées et rectifie sa trajectoire.

Ce mardi matin, c'est un jour de vacances ; enfin, pour les enfants, pas encore pour Elsa, mais en conséquence c'est comme si. Personne à réveiller, à préparer, à presser, à houspiller. Nicolas s'est levé un peu plus tôt. Il quitte la table quand elle descend les dernières marches. Elle s'attable et lui raconte avec enthousiasme son dîner de la veille avec des anciennes collègues, pendant que lui s'affaire, pressé de s'éclipser. Elle reçoit des monosyllabes en guise de réponse. Sa dernière phrase reste inachevée quand elle s'aperçoit qu'il a disparu dans les escaliers.

Elle se réconforte en jouissant du plaisir de prendre son temps et regarde pensivement les volutes de fumée s'échapper de son café noir sous formes géométriques abstraites. Elle ferme les yeux et inspire à fond comme si elle faisait une inhalation. Le bruit du claquement de la porte lui fait ouvrir les yeux… puis les refermer.

Elle est ensuite en visioconférence avec les Coréens qui présentent les dernières tendances de K-beauty : des nouveaux ingrédients cosmétiques, comme le thé fermenté, le kombucha ou la propolis et les différences clés par rapport à la T-beauty de Taïwan. Ding, Skype de Natasha, une fenêtre s'ouvre sur son écran, « hello », ding, « ça va ? », ding, cette manie de faire Entrée après chaque groupe de mots, « CAN YOU PREPARE AN ARGUMENTATION ON PHENIX PROJECT ? », ding, cette fois c'est son téléphone, WhatsApp de Natasha, « hi », ding « I'm in meeting with Japan », ding, « how many tubes of Nathair did we sell last year », ding, « ? », ding, « thanks », Elsa a le tournis devant ces messages qui fusent de toutes parts.

- Sorry, can you repeat please?[1]

[1] Peux-tu préparer une argumentation sur le projet Phénix ?
Salut, je suis en réunion avec le Japon, combien de tubes de Nathair a-t-on vendu l'année dernière ? merci
Désolée, pouvez-vous répéter s'il vous plait ?

Le soir, après une journée de réunions sans interruption, Elsa repasse devant la cabine à livres où elle n'est pas retournée depuis un moment. Elle a le temps de traîner, personne ne l'attend. L'envie lui reprend de se laisser aller au hasard de ce qu'auront déposé les autres.

Elle sort un premier livre. Caresse la couverture mate. Le titre typographié sobrement est à lui seul source de rêve. *Les seize arbres de la Somme*, Lars Mytting. Elle fait tourner les pages entre ses doigts, voit des mots défiler, s'arrête sur une page au hasard, lit une phrase ou deux, pour le doux plaisir de saisir au vol un infime fragment de l'histoire. Et tout à coup, les battements de son cœur s'accélèrent… complètement ridicule. Ça alors ! le même petit coup de crayon dans la marge. Son choix est fait, elle empoche celui-là.

Installée dans la chambre d'Eliot, même s'il n'est pas là, elle entame avec avidité son nouveau livre. Elle a l'étrange sensation de partager sa lecture avec quelqu'un. Comme s'ils commentaient ensemble, le soir au dîner, les passages qu'ils ont adorés. Evidemment cela ne risque pas de m'arriver, songe-t-elle. Elle a envie de laisser un livre elle aussi à cette personne avec qui elle dialogue depuis quelques semaines. Cela a beau être un dialogue à sens unique, elle a l'impression d'échanger avec cet inconnu, ou cette inconnue, de manière différente d'avec les autres. Elle aimerait que l'échange ne se fasse pas seulement dans un sens. Elle réfléchit au livre qu'elle voudrait partager elle aussi. Il y en a tellement. Elle repense à *1Q84* d'Haruki Murakami. Son côté onirique, mystérieux, son monde avec deux lunes l'avait troublée, envoûtée. Elle se met à le chercher dans la bibliothèque mais impossible de le trouver. Elle parcourt plusieurs fois les étagères de long en large et de haut en bas et s'agace. Elle finit par interroger Nicolas :

- Tu n'aurais pas vu mon livre *1Q84* ?

- Tu l’as déjà lu non ?
- Oui, mais je voulais le prêter à une copine.
- Non, aucune idée ; si tu rangeais tes livres après les avoir lus.

Elle poursuit donc seule sa recherche. Triomphe ! Elle finit par dénicher les trois volumes dans la bibliothèque du grenier. Ils sont assez conséquents. Il ne lui reste plus qu’à relire le premier pour pouvoir elle aussi annoter les phrases qui la font rêver, ou réagir.

Elsa et Nicolas ont récupéré les enfants chez leurs grands-parents en Côte d’or jeudi et passé les trois derniers jours des vacances scolaires dans le Morvan chez Greg, le copain d’enfance de Nicolas, sa femme et leurs enfants. Il y avait aussi Caro et Rémi. C’était dépaysant et reposant. Ils ont enchaîné des grandes balades dans la forêt humide qui avait revêtu son manteau d’automne, dégradé d’ocre et de jaunes. Sous chaque souche ou fougère soulevée dans l’espoir de découvrir un champignon, chacun s’attendait à se trouver nez à nez avec un elfe ou un hobbit. Et en rentrant à la maison les pieds moites dans le caoutchouc des bottes, ils jouissaient du bonheur de les envoyer valser dans l’entrée et d’aller se vautrer en chaussettes dans un des fauteuils club au cuir usé qui encadraient le feu de cheminée crépitant.

Elsa a profité de quelques moments de repli de chacun, après le déjeuner, ou aux premières lueurs du jour quand tout le monde dormait encore, pour terminer le Livre 1 de *1Q84*. Il lui a à nouveau plu, la transportant dans un monde parallèle, proche du nôtre mais avec des échappées troublantes. Elle a sélectionné avec soin quelques passages qui la touchaient, les a fait ressortir d’un trait de crayon dans la marge. Elle n’avait pas de critérium sous la main, alors elle a utilisé un crayon gras à la mine un peu épaisse. Ses traits lui ont rappelé ceux de sa grand-mère dans ses cahiers d'écolière ou ses blocs de mots croisés.

Les enfants ont fini par s'endormir à l'arrière, Léa penchée sur la tablette du siège devant elle la tête dans ses bras, Margot à moitié allongée sur Eliot. Elsa les regarde attendrie quelques minutes dans le petit miroir du pare-soleil dont l'usage se limite à celui-là aujourd'hui. Ils sont tellement touchants, finalement vaincus par la fatigue après quelques heures d'agitation. Elle observe ensuite droit devant elle les gouttes ruisseler sur le pare-brise. Des dizaines de sillons lui brouillent la vue et floutent les lumières blanches qui transpercent la nuit noire en arrière-plan. Nicolas a arrêté depuis un moment l'essuie-glace ; à croire qu'il préfère avancer à l'aveuglette. La voiture progresse d'un mètre pour s'immobiliser à nouveau. La longue file qui fait de même ressemble à une chenille infinie.

- C'était vraiment cool ces trois jours ! ça faisait tellement longtemps qu'on ne les avait pas vus. Et à chaque fois, on se retrouve comme si on s'était quittés la veille, tu ne trouves pas ?

- Quel enfer mais quel enfer ! Encore une fois, je n'aurais jamais dû t'écouter, on n'aurait pas dû s'arrêter chez eux mais rentrer direct de chez mes parents il y a trois jours. On ne serait pas là à passer des heures dans les bouchons !

Les gouttes continuent de ruisseler. Pas uniquement sur le pare-brise à présent. Ding. Elsa jette un œil à son téléphone. Un premier message WhatsApp « hello, ça va ? » est déjà affiché, et en dessous, un autre est en cours, *Natasha écrit* s'agite en italiques. Elsa éteint son téléphone d'un geste brusque. Ne manquait plus qu'elle pour terminer ses vacances.

Elle prend *1Q84* dans son sac à ses pieds et le feuillète machinalement. Elle relit au hasard quelques passages annotés. « *Devenir libre, qu'est-ce que cela veut dire finalement ? Est-ce que cela signifie réussir à s'échapper d'une cage pour s'enfermer dans une autre, beaucoup plus grande* ? » A son tour de transmettre son livre. Mais elle a une seule crainte… Elle aimerait être sûre qu'il soit récupéré par la personne qui a mis ses notes dans les livres qu'elle a lus… Elle sourit intérieurement à cette idée ; ce n'est pas du tout le principe de la cabine à livres. On ne choisit pas ses lecteurs. Elle griffonne cependant *Elsa* au crayon en première page afin de laisser une trace, et remet le livre dans son sac. Elle le déposera demain en partant au bureau.

8.

Romain a fait des cauchemars toute la nuit. Il en a oublié le fil mais une vague sensation de malaise et d'inquiétude subsiste. Aujourd'hui, c'est le lundi de rentrée après les vacances de la Toussaint. Il n'a pas envie de retourner en cours. Les deux semaines quasiment cloîtré à la maison lui convenaient. Il regarde son bol de lait dans lequel flottent ses Chocapic comme des dizaines de petites barques. Son père est parti depuis longtemps, sa mère qui ne travaille pas le lundi dort encore et Camille venue prendre un paquet de biscuits dans le placard est repartie aussi vite. Sa cuillère dessine des huit dans le lait faisant tourner les céréales qui ramollissent à vue d'œil. Il n'a pas très faim.

L'horloge du four affiche 8:15 ce qui finit par le tirer de sa torpeur. Il fait reculer ses roues pour sortir de la cuisine, attrape son blouson et son sac dans l'entrée et sort d'un air morne.

Le soir, « roaghhhhhhhhhh » Romain donne un grand coup de poing dans son mur, repousse un cri « aaarrrhhhhhhh » - de douleur cette fois. A force de coups toujours au même endroit, le plâtre à côté de son lit s'effrite. Il étouffe dans sa chambre, il étouffe dans sa maison, il étouffe dans sa vie, il étouffe dans son corps sans jambes. Il redonne encore un dernier coup et s'effondre en arrière sur ses coussins en contenant avec mal ses sanglots. Camille entre doucement dans la chambre, s'assoit près de lui et lui caresse la main sans un mot.

Quelques jours plus tard, dans le couloir du lycée,

- Romain, tu te rappelles que je fais ma soirée samedi dans huit jours ?
- Hmmm
- Tu viens hein ? pas comme l'année dernière où tu nous avais lâchés à la dernière minute ?
- Mouais… je vais voir
- Pote, je compte sur toi. Une soirée sans toi, c'est pas pareil

Il lève le sourcil,

- Ah oui ? j'ai dû mal à y croire.
- Nan mais arrête, si ça me disait pas que tu viennes, je t'inviterais pas !
- Je vais essayer.

9.

Aujourd'hui, au bureau ils déménagent dans des nouveaux locaux. Natasha accueille toute l'équipe avec un plan sur lequel est assigné un emplacement pour chacun. Etrange, il semblait à Elsa qu'ils devaient passer en « *flex desk* », c'est-à-dire choisir chaque jour une place différente, selon leur humeur. L'objectif sous-jacent est de gagner de la place, et donc de faire des économies, en comptant sur le fait que la totalité de l'effectif n'est jamais en même temps au bureau, surtout dans leur département international. Il n'y a donc plus un bureau attitré par personne, mais au contraire moins de bureaux que d'employés. Cependant, elle ne se fait pas d'illusion. Elle est prête à parier que malgré le concept de « *flex desk* », chacun mû par son instinct grégaire aura pris dès le deuxième jour ses habitudes et s'assoira à la même place, à côté des mêmes collègues. Apparemment cette règle a dû changer puisque Natasha leur tend un plan. Les noms de tous les collaborateurs sont positionnés. Elsa cherche son nom d'un œil distrait et relève brusquement la tête, « où est mon bureau ? », lance-t-elle d'un ton légèrement agressif et plus inquiet qu'elle ne voudrait le montrer. Elle n'aura jamais la réponse car elle réalise qu'elle est dans son lit. Son cœur bat très fort.

Nouveau brouhaha ambiant.

- Tu sais comment on appelle un chien sans pattes ?
- Non.
- On va l'chercher !!!

Hurlements de rires.

- Eliot, reviens t'asseoir à table pour manger tes céréales !

Elsa met en marche la machine à café, insère dans le grille-pain une tranche de brioche du marché de la veille, attrape la confiture dans le réfrigérateur.

- Margot, sors ton cahier avec les mots à apprendre ! Et as-tu fait ton violon ?
- Oh nooooon

Nicolas qui semblait absent - à part pour enclencher la hotte - intervient dans la discussion.

- Ah ben si c'est pas un plaisir mais un supplice pour tout le monde, il faut arrêter !
- Mais non papa j'aime bien le violon.

Les jérémiades de chacun commencent à porter sur les nerfs d'Elsa.

- C'est possible d'avoir un peu moins de bruit !?

Elle repousse la hotte d'un coup sec faisant claquer le métal. Nicolas se précipite pour la déclencher à nouveau.

- Tu nous empoisonnes toute l'année !

Silence. Elle se demande s'il y a un double sens. Les enfants ne disent plus rien. Seule la hotte continue de ronronner. Pourtant pour Elsa, l'odeur de pain grillé - surtout quand il est légèrement carbonisé - est synonyme de plaisir, de vacances, de petit déjeuner de son enfance lorsqu'elle se battait avec ses sœurs à celle qui aurait sa tartine dorée la première.

- Bonne journée.

Entre temps Nicolas a fini de se préparer et vient de partir. Personne ne répond à son salut.

Heureusement qu'Elsa a son livre à déposer. Quelle maigre consolation. Cela lui donne une petite mission sur le chemin du bureau. Elle dépose Margot puis Eliot et poursuit sa route direction la cabine. Il n'y a personne comme la plupart des fois où elle s'y arrête. Pourtant elle voit toujours d'un seul coup d'œil que la cabine est vivante. Les étagères ne se présentent jamais de la même manière, et les livres tournent, même si parfois quelques-uns restent un peu plus longtemps que d'autres. Elle cale son vélo sur sa béquille, prend le livre dans son sac et lui cherche une place. Elle s'accroupit pour l'insérer sur l'étagère du bas, là où elle avait trouvé les livres annotés. Elle ne voudrait pas que son livre parte avec le premier venu. Elle veut être sûre qu'il soit recherché, consulté, choisi avec soin. Et elle l'espère, par la personne dont elle a lu les livres. Elle sépare *Allias Caracalla* de Daniel Cordier de *La femme aux pieds nus* de Scholastique Mukasonga et place son volume au milieu. Elle pousse sur ses mollets pour se redresser dans l'étroite cabine, parcourt les alentours du regard pour voir si quelqu'un vient à la cabine, rit jaune tellement c'est dérisoire, ouvre la porte, reprend son vélo et s'élance.

Elle trépigne pendant sa dernière visioconférence avec les Américains. « *Brb* » s'affiche dans la conversation (« le *chat* »). Il lui a fallu quelque temps pour comprendre que cela signifiait « *Be right back* [1] ». A chaque réunion s'égrènent à intervalles réguliers des « *Brb* » et « *back* » ou juste « *b* » rythmant les allées et venues. Elle est présente d'un bout à l'autre mais son esprit s'est échappé, lui. D'autant plus qu'un de ses interlocuteurs américain la berce par son mouvement. Elle ne voit que son buste à l'écran mais devine qu'il marche sur un tapis roulant installé chez lui tout en argumentant. A défaut de marcher dehors...

Elle repense à la cabine. Est-ce que son livre est parti ?

[1] Be right back = je reviens tout de suite

- Bye everyone !

L'équipe disparaît sur le grand écran mural qui se déconnecte. Elsa ferme d'un coup sec le clapet de son ordinateur, éteint le projecteur et se dirige vers son bureau. L'étage est quasiment vide uniquement éclairé par la lumière fantomatique des écrans en veille. Le soleil bas qui tout à l'heure reflétait ses rayons rougeoyants sur les vitres des tours alentours et sur les petits miroirs ovales disposés sur chaque bureau - cosmétique oblige -, a disparu depuis longtemps. Elle saisit son sac glissé sous son bureau et se dirige vers les escaliers après avoir troqué ses talons contre des baskets. Les quinze étages ne la rebutent pas. Ils provoquent seulement une petite sensation de vertige une fois les quatre-cent-quatre-vingts marches dévalées sans lever le nez.

Le vent lui fouette le visage et lui fait réaliser qu'elle vient de passer quasiment dix heures enfermée les yeux fixés à un écran. Elle pousse sur ses pédales et tourne la molette des vitesses pour fournir le plus d'efforts possible. Elle relâche tout dans la descente et alterne entre efforts et roue libre.

La femme aux pieds nus a disparu. Et son livre aussi ! Son cœur se serre et ses jambes flageolent, soudainement sans force. Mais en remontant son regard vers l'étagère supérieure, celui-ci s'arrête net sur *1Q84*. Il n'a donc pas été pris. Elsa est submergée par la déception et tend le bras pour reprendre son livre, le rapporter et le replacer à côté des volumes 2 et 3 dans sa bibliothèque. Elle se ravise considérant sa réaction ridicule. Elle a lu, puis relu ce livre, elle a décidé d'en faire profiter quelqu'un d'autre, quel qu'il soit, elle n'a aucune raison de changer d'avis.

Quand elle arrive, les enfants sont déjà à table avec Nicolas. Elle glisse un « désolée, ma réunion avec les Américains s'est éternisée », embrasse les enfants, fait une petite grimace de dégoût en sentant l'odeur de lardons frits qui imprègne la maison, mais ne dit rien, se sert d'omelette et s'assoit entre Léa et Margot. Elle se rappelle qu'ils ont ressorti des archives du bureau un carton de rouges à lèvres porte-clés clignotants et se relève.

- J'ai une surprise pour vous !
- C'est quoi, c'est quoi ?

Les trois saisissent l'occasion de quitter leur siège et se précipitent vers elle en se bousculant. Elsa n'a pas le temps de voir la passe d'armes : l'un a sans doute griffé l'autre qui a réagi en tirant les cheveux de l'une et les trois voix s'emmêlent dans une cacophonie désordonnée. Nicolas se redresse tout à coup et se met à crier plus fort que tous :

- Elsa, tu avais besoin de sortir ça maintenant ? taisez-vous tous !

Elsa se retourne lentement et le dévisage. Les narines de Nicolas sont gonflées par la colère, ses yeux la regardent fixement d'un air dur, ses lèvres tremblent. La réaction lui semble tellement disproportionnée qu'elle se tait. La moindre parole va envenimer la situation, elle préfère laisser couler. Elle se demande si les cris des enfants ont un écho différent sur lui ?

Chaque hurlement, aujourd'hui, le replonge-t-il de manière inconsciente dans cet après-midi de fête familiale qui a tourné au drame il y a quarante ans, les rendant plus insupportables que pour n'importe quel autre parent ?

Nicolas joue tranquillement assis sur les tomettes rouges dans un coin de la pièce. Un papier peint blanc cassé, légèrement jauni, au relief tressé donne un air un peu vieillot à la pièce mais celle-ci reste chaleureuse grâce aux rideaux jaune foncé qui tombent de chaque côté des grandes fenêtres ouvrant sur le jardin ensoleillé.

C'est un mignon petit garçon de deux ans, joufflu. Il porte une chemise en coton à petits carreaux rouges sur un pantalon en toile beige, dont le bas est retroussé sur ses mollets nus. Il est absorbé par la mise en pièces du papier cadeau d'un train en bois qui lui a été offert tout à l'heure et ne prête pas attention aux bavardages des adultes autour de lui.

On sonne de nouveau à la porte. Des éclats de voix, des embrassades. Ses oncles et tantes arrivent au fur et à mesure pour le goûter offert à l'occasion de la naissance d'Alice, sa petite sœur de trois semaines.

Sa tante Jeanine vient l'embrasser et lui donne un nouveau cadeau. Il déchire le papier vert orné de ballons jaunes et bleus et découvre un petit ourson tout mou dont les yeux sont remplacés par des fils cousus. Il le serre contre lui puis tente de le positionner sur son train de bois.

Tout à coup, un rugissement bestial provient de la pièce d'à côté dans laquelle sa petite sœur dort. Il lève la tête. Observe différentes paires de talons ou chaussures en cuir claquer le sol et se précipiter vers la chambre attenante. Plus personne ne prête attention à lui. Les hurlements se poursuivent, ceux de sa mère sans doute, mais dont le cri est déformé par la douleur, tandis qu'un oncle est allé décrocher le combiné du téléphone gris installé dans l'entrée. Sa maman apparaît sur le seuil de la pièce, serrant fort son nourrisson inerte, et ses yeux égarés balayent la pièce à la recherche d'un soutien, d'un signe qui lui dise que ce n'est pas vrai.

Elsa ne sait pas quel souvenir Nicolas garde de ce drame survenu alors qu'il avait à peine deux ans et dont il ne lui a jamais parlé. Même en imaginant qu'il ne fasse pas partie de ses souvenirs conscients, il l'a vécu contrairement à ses quatre frères qui ont suivi.

Eux n'ont jamais entendu ces hurlements inhumains.

Eux ne connaissent pas le vide laissé par une petite sœur qui a fait gonfler le ventre de sa maman comme un ballon pendant neuf mois, qu'il attendait pour jouer et qu'il n'a finalement connue que trois semaines.

En ce matin de novembre, le temps est encore plus minuté que d'habitude. Elsa n'a pas le cœur à rire avec les enfants. Nicolas s'en va à peine le petit déjeuner terminé. Tresses de Margot, brossage de dents, signature du carnet de liaison, révision de la table de huit sur le chemin. Après des échanges de baisers, elle fonce. Elle n'a pas le loisir de s'arrêter à la cabine à livres avant sa réunion de neuf heures, elle n'a pas le temps non plus de passer déposer son sac à son bureau ni de saluer l'équipe et se rend directement en salle de réunion *Les palmiers* dont elle ouvre la porte d'un coup sec. Le Comité de Direction est là au complet, avec Greta, la Directrice des Ressources humaines. Celle-ci a déjà débuté sa réunion, à neuf heures pétantes. La diapositive projetée à l'écran annonce « comment lutter contre le désengagement des talents - Natura marque employeur ». Tout un programme qu'Elsa considère d'un air sceptique vu que l'entité compte déjà vingt-sept départs depuis le début de l'année. La voix de Greta résonne lointaine tandis que ses pensées s'égarent déjà. Elle pense au livre qu'elle a laissé dans la cabine. Par qui sera-t-il récupéré ? Le saura-t-elle un jour ? Probablement pas. Elle essaye de contenir toute émotion liée à cette attente.

- Il faut lutter contre le désengagement des talents, soyez le promoteur de votre entreprise, il faut que vous participiez tous à la formation interne LinkedIn pour apprendre à valoriser notre entreprise sur les réseaux sociaux et que vous incitiez ensuite vos équipes à la faire…

Natasha qui était concentrée sur son téléphone depuis cinq minutes redresse brusquement la tête :

- Luttons contre le désengagement des talents, oui ! Il y a des personnes que je veux garder, mais il y en a aussi que je veux faire partir, que je VAIS faire partir.

Ce soir-là, Eliot se lève sans cesse de table, abandonnant son assiette encore à moitié remplie. Elsa bout intérieurement et lui demande plusieurs fois de se rasseoir. Elle parle dans le vide. C'est au tour de Léa de se lever et d'aller esquisser quelques pas de patinage en se regardant dans la grande glace ancienne posée sur la cheminée du séjour. Le cou étiré très droit vers le haut, elle sautille gracieusement sur le parquet dans un sens, puis dans l'autre, sans quitter son reflet du regard. Quant à Margot, après cinq appels, elle n'est toujours pas apparue. Elsa explose,

- Si c'est ça, on n'ira pas au ski en février !

Après leur avoir à chacun intimé, mais sans succès, de venir se rasseoir, elle se retourne vers Nicolas et implore « tu ne peux pas me soutenir et leur dire aussi ?! » Nicolas, debout prêt des casseroles qui mijotent à feu doux reste - pour une fois - stoïque et répond, sans détourner le regard du fumet, d'un flegmatique « je surveille la nourriture ».

Les enfants sont enfin couchés, Elsa est dans le garage en train de mettre du linge à sécher. Nicolas la rejoint en soupirant très fort et attrape sur les fils les chaussettes dépareillées, les tee-shirts et les jeans de toute la famille qui, une fois secs, pendent avec raideur.

- Tu as l'air agacé
- Je suis effaré du temps que je passe à m'occuper du linge, à m'occuper des enfants, ça me rend dingue. Quel enfer…

Cela fait plusieurs jours que son livre a disparu de la cabine à livres. Elsa a parcouru fiévreusement les étagères pour s'en assurer. Il n'y est plus. D'ailleurs, la sélection a évolué. *Les feux de l'automne* d'Irène Nemirovsky et *Rien de s'oppose à la nuit* de Delphine de Vigan ont également été empruntés, pour faire place à *Americanah*, de Chimananda Ngozi Adichie, qu'elle a pris et est en train de lire. Elle aime beaucoup.

Quand elle s'approche de la cabine ce soir, elle aperçoit une silhouette sombre à l'intérieur, emmitouflée dans un blouson à capuche noire, le visage encadré de boucles noires qui se confondent avec la fourrure et évoquent des poils soyeux de caniche. Elsa se fait la réflexion qu'on n'en croise plus beaucoup aujourd'hui des caniches. Il lui semble qu'il y en avait plus quand elle était petite, notamment un chez sa vieille tante Suzanne. D'ailleurs, Margot lui a demandé l'autre jour « c'est quoi un caniche ? »

La jeune fille, dont les sourcils épais, très dessinés, durcissent son regard, lève les yeux vers Elsa et la fixe. Cette dernière attend à la porte de la cabine qu'elle ait terminé. L'ombre fouille dans son sac pour en sortir un livre et le poser. C'est son livre ! La jeune fille ne prend pas le temps d'en chercher un autre, sans doute gênée par le fait qu'Elsa l'observe de l'autre côté de la vitre, et pousse le battant pour sortir.

- Vous avez aimé ? ne peut s'empêcher d'interroger Elsa.

- Non, je n'ai pas réussi à dépasser le chapitre 2, je laisse tomber, par contre, j'ai l'impression que d'autres l'ont apprécié !

Et elle s'éloigne d'un pas rapide. Elsa pénètre à son tour à l'intérieur et saisit son livre. Ses mains se mettent à trembler l'empêchant de feuilleter le roman dont elle tourne les pages fébrilement sans rien voir. Et tout à coup, elle s'arrête sur un des passages qu'elle avait souligné « *Du moment que je peux aimer quelqu'un du fond du cœur, et même s'il n'existe pour moi que lui et lui seul, l'aimer m'aide à vivre. Même si je ne peux pas être avec lui.* » A côté de son annotation, une autre marque, semblable à celle de *Belle du Seigneur*. Elle fait voler les pages devant ses yeux comme si c'était un folioscope, un de ces petits carnets qui feuilletés rapidement font un dessin animé, et constate qu'il est souligné à plusieurs endroits, à côté de ses coups de crayon comme pour les approuver, ou sur de nouveaux passages. Cela la touche. Elle hésite, ne sait pas quoi faire de son livre. Elle décide finalement de le reposer. Il va poursuivre sa route.

Plus tard, elle est assise sur le matelas posé par terre dans la chambre d'Eliot. Celui-ci est recouvert d'un tissu sur lequel sont cousues maladroitement des montgolfières multicolores, à l'aide de fils grossiers de différentes teintes vives. Elle l'a acheté dans la rue à un gamin lors d'un voyage professionnel en Inde il y a trois ans. Parsemé de coussins moelleux, elle s'y sent aussi bien que sous la verrière de la véranda.

Eliot, de l'autre côté de la chambre, est couché dans son petit lit vert olive et babille le temps de s'endormir.

- Tu restes un-ti-peu ?

Telle est sa supplication chaque soir après l'histoire. C'est ainsi qu'elle a fait de cet endroit son refuge. Il lui permet, sous le prétexte d'attendre qu'Eliot s'endorme, d'avoir un moment pour elle. Elle en profite pour regarder ses e-mails sur son téléphone, écrire des messages tranquillement, et même lire l'été en laissant les volets ouverts afin que la lumière tardive éclaire les pages de son livre.

Elle ouvre le volume 1 de Murakami. Elle a craqué et est finalement repassée le récupérer, trop tentée d'étudier les passages retenus, de comparer avec les siens, d'y chercher un message. Là, elle se rend compte qu'elle prend sans doute ses désirs pour une réalité. Ding, décidément, jamais possible d'être tranquille, WhatsApp de Natasha à l'attention de ses collaborateurs directs, ses N-1, « hey », ding, « Chris is visiting us on December 6th », ding, « LET'S ADD THAT TOPIC TO OUR MEETING

TOMORROW. WE NEED TO BE PERFECT »[1]. Cette manie d'écrire en majuscules… Cela faisait longtemps qu'ils n'avaient pas vu « le Christ » dans leurs bureaux. C'est le grand patron monde de Natura. Ça va encore être le branle-bas de combat pendant un mois.

Soudain elle entend une sorte d'interjection qui ressemble à un beuglement. Nicolas, en fermant les volets de Margot, semble avoir fait tomber et cassé quelque chose. Elle reste à sa place et écoute.

Nicolas s'agite, claque une porte, descend les escaliers à grands bruits, les remonte, ramasse quelque chose, rugit « Vous me saouuuuulez ». L'escalier est le centre névralgique autour duquel les pièces des différents étages sont agencées. Et comme il est complètement ouvert, avec des marches métalliques qui s'égrènent le long d'une structure en fer, type ère industrielle, la maison est très sonore.

De grands soupirs résonnent encore dans l'escalier, puis, comme tous les soirs, elle aperçoit l'ombre de Nicolas monter derrière les verres dépolis.

Quelques minutes s'étirent avant qu'elle n'entende une petite voix « tu viendras me faire un câlin maman ? ». Elle va voir Margot qui l'attend dans son lit, la serre dans ses bras et lui demande ce qu'il s'est passé. Margot lui explique avec un soupir résigné que son papa a fait tomber sa plante rapportée deux jours avant de l'anniversaire de sa copine Anna célébré chez Truffaut et dont elle avait décoré le pot pendant la fête. Toutes les enseignes, des magasins de jouets, aux fast-foods, en passant par les jardineries se sont repositionnées sur l'organisation d'anniversaires ! Il y a sûrement un business à lancer…

- Et tu sais où papa a mis le pot mon cœur ?

---

[1] Chris nous rend visite le 6 décembre, ajoutons ce sujet à l'ordre du jour de notre réunion de demain, nous devons être parfaits !

- Il l’a mis dans un sac pour le jeter à la poubelle, il était cassé.

- Et la plante ?

- La plante aussi. Elle doit être un peu chiffonnée maintenant. Ce n’est pas grave maman, ce n’est qu’une fleur. C’est comme quand on cherche un dessin qu’on a fait et qu’on ne trouve plus ; il suffit de se dire qu’on ne l’a jamais fait.

Voilà Elsa pieds nus ouvrant la grande poubelle grise sur le côté de la maison et penchée au-dessus pour inspecter son contenu. Elle aperçoit un sac en papier, des éclats de pot peints de soleils et nuages, le tout mélangé à de la terre et une plante fleurie qui lui semble plutôt intacte. Elle sort le tout de la poubelle, enfile des baskets et fonce dans le jardin. Un pot en fer vide semble l’attendre sur le côté. Elle transvase la terre du sac dans le nouveau pot, positionne la plante au milieu et appuie de ses pouces la terre autour afin de bien caler la tige. Elle repose l’ensemble sur la dalle de la terrasse.

- J’ai replanté ta fleur ma chérie, souffle-t-elle à l’oreille de sa fille dans un murmure avec un dernier baiser avant de monter.

Un doux sourire se dessine sur le visage de Margot presque endormie.

Elsa a finalement achevé de parcourir toutes les annotations de son exemplaire de *1Q84*. Elle a été émue à chaque fois que ses propres traits étaient soulignés, comme approuvés et a étudié les autres passages annotés pour en décoder un message.

Elle est à présent un peu découragée et a laissé tomber l’espoir de rencontrer la personne qui annote ses livres ; et le sien. Aucun indice quand elle se rend à la cabine. Pas de petit mot, rien. Elle scrute à chaque fois le panneau de liège sur lequel s’amoncellent des petites annonces manuscrites sur papier bristol punaisé : ménage, baby sitting et chat perdu. Mais pas de message d'un lecteur assidu qui souhaiterait rencontrer Elsa. Elle songe à apporter le volume 2 une prochaine fois. Devrait-elle y ajouter son numéro de téléphone ?

- Elsa ?

Elle est tellement concentrée sur la dernière de couverture d'*Aux animaux la guerre*, accroupie dans la cabine, qu'elle n'a pas entendu la personne arriver et ouvrir doucement la porte. Elle relève lentement la tête en entendant cette voix grave et douce prononcer son prénom.

Un homme d'une cinquantaine d'années se dresse devant elle, adossé à la porte. Ses cheveux noirs, légèrement grisonnant encadrent un visage buriné, à la barbe de quelques jours et aux yeux plissés qui donnent l'impression de sourire. Le livre toujours à la main, Elsa se redresse centimètre par centimètre pour lui faire face.

- Oui ?
- Je vous le conseille, j'ai adoré, lui dit-il simplement en désignant du menton le livre de Nicolas Mathieu qu'elle tient toujours dans la main.
- J'ai beaucoup aimé *Leurs enfants après eux* mais n'ai pas encore lu celui-là.
- Ça vous dirait de boire un verre ?
- Oui.

Sa réponse sort simple, sans hésitation, sans réflexion. Comme une évidence. Elle s'en étonne elle-même en glissant le livre dans son sac. En refermant la porte de la cabine derrière elle, elle ne peut s'empêcher de jeter un œil rapide à son reflet. Une robe fluide bleu marine et verte épouse élégamment les formes de son corps sous une veste en cuir marron un peu usée dont le col de fourrure est relevé sur son cou. Un reste de crayon à lèvres foncé du matin souligne ses lèvres et fait ressortir ses yeux verts translucides. Ses cheveux longs aux reflets chauds ondulent sur ses épaules. Son inspection - qui n'a duré qu'une ou deux secondes - faite, elle se tourne vers lui « je vous suis ».

- Vous connaissez La Cabine ?
- A part celle-là, non, répond-elle en riant et haussant les épaules.
- Moi non plus. Je vous attendais pour la tester.

Elle a évacué de son esprit le rendez-vous qu'elle avait chez l'ostéopathe. Ils parlent durant tout le trajet, comme s'ils se connaissaient depuis toujours. Elle le suit sans prendre garde à l'itinéraire et ils atteignent l'entrée d'un bar « La Cabine ». La salle est accueillante. Des carreaux bleu et blanc au sol, des tables en lino et des chaises en bois repeintes en jaune. Au fond, une cabine téléphonique. Presque la même que sa cabine à livres. L'inconnu, dont elle a appris qu'il s'appelle François, s'y dirige. Il entre dans la cabine et lui tend la main pour l'aider à descendre les marches d'un escalier en colimaçon très étroit. Ils atterrissent alors au milieu des années soixante-dix ou quatre-vingt. Des banquettes en skaï orange se détachent du mur recouvert d'un papier peint fleuri. Un téléphone marron à cadran rond trône sur un guéridon. Elle sourit en le désignant « avec ça, il fallait cinq minutes pour composer le numéro, et encore, si on ne faisait pas d'erreur. Sinon, on n'avait plus qu'à tout recommencer ». Les autres murs, l'un en briques peintes en blanc et l'autre recouvert d'un papier bleu canard, sont bardés d'étagères de vinyles et de livres. Un trente-trois tours tourne au son de Léonard Cohen. Elle a l'impression d'être entrée dans SA cabine version XXL. La lumière est tamisée et des petites lampes de bureau agrémentent chaque espace. Seulement deux-trois tables sont occupées ; l'endroit semble réservé aux initiés. Elle suit François vers deux banquettes au fond.

Ils s'assoient l'un en face de l'autre et commencent à discuter comme s'ils poursuivaient une conversation entamée la veille, chacun concentré sur l'autre. Il lui parle avec enthousiasme du livre de Murakami qu'elle lui a fait découvrir. Il a d'abord été décontenancé par sa lenteur, par son style à la lisière du fantastique mais par lequel il s'est finalement laissé séduire, envoûter. Il lui raconte comment le roman l'a embarqué et lui a fait revivre l'atmosphère de son dernier voyage au Japon. « C'est incroyable, je dois justement m'y rendre dans quelques mois pour rencontrer les équipes », s'enthousiasme Elsa. Ils sont tous les deux intarissables sur les voyages, la littérature. Il lui apprend aussi qu'il a deux enfants, une fille de vingt ans et un garçon de presque dix-huit et qu'il dirige le Département de Sécurité d'une société internationale d'aérospatial. Ils sont complètement absorbés par leur conversation, le reste de la salle n'existe plus. Elsa a l'étrange sensation de le connaître depuis toujours.

Un regard sur le cadran de l'horloge accrochée au mur la fait brutalement revenir dans le présent et réaliser que minuit a sonné et que son carrosse va bientôt se transformer en citrouille. Il n'est en réalité que dix-neuf heures trente mais le temps qu'elle rentre, elle a largement dépassé l'heure à laquelle elle aurait dû sortir de chez l'ostéopathe. Elle resterait bien plus longtemps, elle se sent tellement en harmonie avec cet inconnu et a l'impression qu'ils ont encore mille histoires à s'échanger.

- Je dois y aller.
- Oui, bien sûr, moi aussi d'ailleurs. Je me permets.

Il prend *Aux animaux la guerre* qui dépasse de son sac sur la table et y griffonne son numéro sur la première page.

- Je peux, c'est le mien, dit-il en rigolant.

Elle le remercie pour le verre et part d'un pas rapide. Elle appréhende déjà le retour à la maison.

Quand elle tourne la clé dans la serrure, des cris l'accueillent. Tout le monde est à table, et le regard noir de Nicolas la transperce.

- L'ostéo avait plein de retard.

Elle se lave les mains, fait le tour de la table pour embrasser chacun des trois enfants et s'assoit à sa place. Elle n'a pas faim. L'odeur de gras des quelques lardons laissés pour elle dans la poêle lui soulève le cœur. Nicolas ne dit pas un mot et monte dès le repas terminé.

Signature des cahiers, brossage de dents, hurlements, bain, rires, pyjama, lecture. Il est vingt et une heures trente quand tous les enfants sont finalement couchés. Elle peut enfin aller chercher son livre dans son sac pour le commencer. Elle est tentée d'envoyer un message au numéro de la première page mais résiste. Trop tôt. Elle se fixe de lire le livre d'abord.

10.

Romain se tient devant le grand miroir piqué de l'entrée, immobile, assis dans son fauteuil. Il fait face à son image légèrement brouillée par les irrégularités de la glace : le teint mat, les cheveux en bataille, des yeux clairs, mais assombris par son regard dur. Il porte un tee-shirt blanc, une veste en jean élimée, et un pantalon en toile kaki.

Camille dévale l'escalier, moulée dans une robe noire courte, arrache au passage son trench-coat et son écharpe au porte-manteau et tombe en arrêt devant son frère.

- Ben qu'est-ce que tu fais là ?
- J'ai la soirée de Gaëtan ; je réfléchis si j'y vais.
- Ah mais trop cool ! bien sûr que t'y vas ! pourquoi t'irais pas ?
- Ça m'dit pas trop.
- Ecoute, sors de ton trou, c'est ton meilleur pote depuis la maternelle, tu ne risques pas grand-chose.
- Oui oui, c'est bon, je vais y aller.
- T'as besoin que je te dépose ? demande son père qui vient de surgir de son bureau en les entendant.
- Non c'est bon, je peux y aller seul, allez ciao, bonne soirée.

Romain sait que s'ils n'avaient pas tous débarqué comme ça, il se serait sans doute dégonflé. Mais il était aculé. Il n'avait pas le courage de retraverser en sens inverse la barrière qu'ils dressaient sur son passage, de retourner dans sa chambre, et ensuite, pire, de se retrouver en tête à tête avec ses parents à table, de les entendre seriner pendant tout le dîner que ça lui aurait fait du bien de sortir.

Le froid est beaucoup plus vif qu'il ne le pensait. S'il avait su, il aurait mis sa doudoune en plus. Tant pis, il ne va pas revenir en arrière au risque de ne pas repartir. Il donne une poussée plus forte sur sa roue pour accélérer et éviter de changer d'avis. Gaëtan habite à un quart d'heure environ. Ils habitaient dans la même rue quand ils étaient petits mais ses parents ont déménagé un peu plus loin il y a cinq ans. Ils se sont retrouvés en seconde au lycée et alors qu'il était en rééducation quasiment toute l'année, Gaëtan l'avait énormément aidé, ainsi que Paul. Ils lui apportaient à tour de rôle les cours qu'il manquait.

Arrivé devant la porte de l'immeuble, Romain espère que quelqu'un va en sortir et lui éviter ainsi la galère du digicode. Personne à l'horizon.

Il attrape ses béquilles, s'appuie sur les accoudoirs pour se soulever, oscille quelques secondes pour trouver son équilibre. Ses deux jambes tiennent droit grâce à ses attelles. Une fois son équilibre établi, il met tout son poids sur sa béquille gauche pour libérer sa main droite, vérifier le code sur son téléphone et le reproduire sur le cadran. Le clic de la porte lui confirme que le code est correct. Il ne lui reste plus qu'à pivoter d'un quart de tour, pousser la lourde porte cochère jusqu'à ce qu'elle se bloque en tendant son bras le plus loin possible, se rasseoir dans son fauteuil et passer. Il ne regrette plus sa doudoune, il sent qu'il commence à suer. La suite est plus facile ; il traverse l'entrée sous le porche puis une courette intérieure. Heureusement, il y a un ascenseur.

C'est à ce moment que deux garçons et une fille qu'il ne connaissait pas ont débarqué.

- Salut.
- Salut, tu vas chez Gaëtan ?
- Oui.
- Bon, ben on va te laisser y aller d'abord, on ne rentrera pas tous.
- Ça marche, à tout'.

Lui qui était parti tôt pour avoir le temps de planquer son fauteuil avant de croiser tout le monde.

Les basses de Nekfeu s'échappent par la porte déjà entrouverte. Gaëtan se précipite vers Romain et va ranger son fauteuil dans sa chambre une fois que ce dernier est installé sur le canapé - sa place favorite. Il a gardé ses béquilles à portée de main pour pouvoir aller se chercher à boire ou à manger. Paul lui attrape un verre de coca en passant et vient s'asseoir à côté de lui. Ils discutent en observant la pièce se remplir telle une fourmilière. Le flot de personnes qui entre est à présent continu. Il se demande si cela va s'arrêter un jour et surtout si tout le monde va réussir à rentrer. La foule se répartit dans chaque recoin disponible, y compris sur le balcon filant le long de l'appartement sur lequel il voit des cendriers déborder de mégots. Gaëtan le rejoint et lui demande si tout va bien. Il a l'air un peu tendu.

- Moi très bien, mais toi ça va ? je ne savais pas que tu avais autant de potes.
- Heu ben en fait moi non plus. L'info sur ma soirée est partie sur les réseaux et là y a des mecs de tous les lycées alentours. Heureusement que j'ai fermé la chambre de mes parents. T'as vu, y a Manon qui était en moyenne section avec nous. Je pouvais pas la voir et évidemment je l'ai pas invitée mais elle s'est incrustée avec ses potes que je connais même pas.
- Manon ? ah oui, je la trouvais jolie ; je me demande comment elle est maintenant ! lui répond Romain en rigolant.

Finalement, la soirée se déroule mieux qu'il ne le pensait. Il est fondu dans la foule avec un bon poste d'observation, et surtout, sans le stress que doit ressentir Gaëtan face à cette jungle humaine chez lui.

Au bout de quelques heures dans la même position, il commence cependant à s'ankyloser et à songer à partir. Il ne sait pas où est passé Gaëtan, ni Paul. Des bouteilles de Malibu et de Gin ont remplacé celles de Coca et d'Orangina sur le buffet, la musique a encore augmenté lui semble-t-il, et des volutes de fumée au début cantonnées au balcon envahissent à présent la pièce. Il se redresse avec difficulté à l'aide de ses béquilles et se lance à la recherche de son fauteuil. La chambre de Gaëtan est fermée à clé, probablement un couple qui s'y est réfugié. Romain tambourine contre la porte mais le bruit ambiant est tel qu'il est peu probable que les occupants entendent ses coups. Il commence à fatiguer.

Heureusement Gaëtan finit par surgir à l'autre bout du couloir. Il a l'air à bout de nerfs, paraît heureux de voir Romain parmi ces dizaines d'inconnus, tente d'ouvrir sa porte également. La fermeture du loquet de sa propre chambre le rend furieux. Il se met à cogner en criant qu'il va appeler la police. Après des minutes qui semblent interminables, la porte s'ouvre enfin pour laisser passer la fameuse Manon que Romain reconnaît instantanément ; une tige perchée sur des jambes très longues, surélevées par des chaussures à talons compensés, une crinière de cheveux bruns et un regard hautain. Elle sort visiblement mécontente d'être dérangée, suivi d'un gaillard échevelé à l'air un peu penaud. Gaëtan se précipite à l'intérieur où règne un grand désordre issu des piles de manteaux entassés sur le lit, dont la moitié a dégringolé et s'est éparpillée sur le parquet. Il récupère le fauteuil et aide Romain à s'installer. Ce dernier a des remords de laisser son pote dans cette galère mais se sent impuissant. Heureusement, Paul et deux-trois autres copains ont décidé de prendre les choses en main et entreprennent de commencer à ranger et virer les incrustes une par une. Pas évident, certains sont déjà des déchets avachis sur le sol contre les murs. Gaëtan tente alors une feinte et se met à crier : « mes parents rappliquent d'ici dix minutes ! » L'annonce fait l'effet d'une douche froide. Les corps ramollis se lèvent en maugréant, n'oubliant pas d'aller récupérer une ou deux bouteilles sur le buffet pour aider à ranger et disparaissent finalement plus vite qu'on ne l'aurait cru.

- Allez bye Gaëtan, dis bonjour à tes parents.
- Je leur dirai demain soir, ils sont partis à la campagne, lui chuchote son copain avec un clin d'œil.

Romain réalise en sortant dans la rue à quel point l'air était enfumé. Il respire un grand coup et se prépare à rouler de manière énergique pour résister au froid qui le saisit.

En bas de la rue, il croise Manon adossée contre un mur en train d'allumer une cigarette.

- Je te reconnais… on était en maternelle ensemble, non ? Jean Moulin ? qu'est-ce qui t'arrive ? tu t'es cassé la jambe ?
- Non, je suis paraplégique… un accident…

Manon ne répond pas mais ouvre de grands yeux. Romain en profite pour continuer avant qu'elle ne lui pose une autre question.

- Allez salut, bonne soirée.

11.

La tension est montée depuis quinze jours. Chacun est en effervescence pour la préparation de la venue du Christ sous la pression tenace de Natasha. Deux-cents K euros de maquettes de produits sont en cours de préparation. Des bouts de carton qui vont ressembler à des innovations mais qui seront uniquement des ersatz emmaillotés dans des emballages non définitifs que le Christ daignera éventuellement prendre dans sa main, tripoter quelques secondes en pensant à son rendez-vous du soir, et reposer sans ménagement. Elsa préfère éviter de penser que cela vaut le prix d'un studio à Paris… ou d'une maison en province.

Natasha leur a calé des réunions de préparation deux fois par semaine : s'aligner sur l'agenda, le fil rouge, le contenu… des heures de discussion pour la venue d'un type. Mais pas n'importe lequel ; le chef du monde. Le Dieu de Natura.

Ce soir, les enfants attendent leur mère tout excités dans l'entrée. Eliot lui tend un bout de papier sur lequel est inscrit « pestacle 20h 2€ » d'une écriture maladroite. Ils lui annoncent qu'ils ont passé l'après-midi à le préparer avec Linda, et les pressent, Nicolas et elle, de s'installer sur le canapé sous la verrière pour le découvrir. Elsa leur répond en rigolant qu'ils vont d'abord dîner rapidement puis assister à la représentation. Encore une fois, elle observe résignée le visage fermé de Nicolas qui contraste avec celui des enfants. Ces derniers, mystérieux, laissent échapper des indices sur leur spectacle et s'esclaffent de leurs propres blagues. Elsa fait dans un premier temps comme si de rien n'était et finalement explose.

- Mais arrête de faire cette tête !
- Quelle tête ? est la seule réponse qu'elle obtient.

La pièce des enfants est pleine de créativité. Ils ont même pensé à travailler les jeux de lumières, en apportant plusieurs lampes, et n'omettent aucun détail, jusqu'à demander à leurs parents d'éteindre leurs téléphones portables.

Le spectacle terminé et les enfants couchés, Nicolas cherche un film en VOD et ne propose pas à Elsa de le regarder. Celle-ci monte sans un mot dans la chambre sous les toits et saisit sur l'étagère à côté du lit le livre terminé depuis quelques jours. Elle rallume son téléphone.

« Bonsoir François. Merci pour le verre. J'ai terminé *Aux animaux la guerre*, j'ai beaucoup aimé. Et j'ai le volume 2 de *1Q84* à te passer. Elsa ». Elle se met ensuite en mode avion pour ne pas être tentée d'attendre la réponse, éteint et se couche.

Le lendemain matin, elle allume son téléphone et regarde avec un espoir qu'elle ne veut pas admettre les petits ronds rouges sur l'appli des textos et sur celle des WhatsApp dans lesquels les chiffres augmentent, tel le compteur d'une vente aux enchères, pour s'immobiliser sur 4 et 13. Tant de messages en l'espace de quelques heures ! Des messages de famille, de copines, des groupes de parents de classe, de Natasha bien sûr et de ses fidèles qui lui répondent dans la minute sur le groupe du Comité de Direction. Mais pas de

François. Elle réalise qu'elle n'espérait que celui-là. Elle balaye cette déception en descendant réveiller les enfants.

Plus tard en milieu de journée, elle clôt sa réunion avec les équipes de Shangaï dans la salle aux grandes baies vitrées qui surplombe la zone d'emplois. Quatre heures de réunion pendant lesquelles ils ont passé en revue le bilan des résultats du trimestre, chacun d'un côté du globe mais semblant si proches sur grand écran. Il est déjà tard pour eux, et largement l'heure de déjeuner ici. Son ordinateur sous le bras, Elsa revient dans l'*open space* désert. Tous les bureaux semblent abandonnés ; à croire qu'un tremblement de terre a fait fuir tout le monde, laissant les sièges vides face à des écrans en veille, des papiers épars sur les bureaux, des tasses de café dont on aperçoit seulement le marc au fond ou la trace d'un rouge à lèvres sur le bord et les miroirs, indispensable outil des membres de l'équipe Développement-Innovation, plus communément surnommée « l'équipe Dev ». Tous sont sans doute déjà partis manger. Elsa décide d'aller déjeuner seule, rapidement.

Elle observe le numéro vert qui clignote au-dessus des portes de l'ascenseur : 11, 12, 13, 14, 15... Un subtil tintement annonce l'ouverture des portes qui coulissent pour la laisser entrer et se referment lentement derrière elle. Un deuxième tintement ; qui vient cette fois de sa poche. Elle sort son téléphone. Son cœur se met à battre plus fort en découvrant la réponse de François « avec plaisir pour le livre. De retour de rendez-vous, je passe en voiture vers ton bureau, serais-tu par hasard dispo pour déjeuner ou trop tard ? » Elle n'en revient pas de la coïncidence. Habituellement, elle a déjà déjeuné à la cantine depuis longtemps à cette heure-là. Elle s'empresse de répondre « oui » tout en vérifiant l'heure de sa réunion suivante. Celle des Canadiens de quatorze heures a par chance été annulée. La prochaine est à seize heures avec les Argentins.

Elle se dirige vers la sortie et aperçoit une vieille Peugeot 204 bleu marine à l'horizon. Les sièges sont en tissu écossais élimé mais elle a la classe des voitures anciennes avec son changement de vitesse fin entre les deux sièges. « J'adore », s'écrie-t-elle en entrant, ça change des Audi noires toutes identiques de ses collègues.

- Je t'emmène juste à côté, dans un petit restau que j'ai découvert l'autre jour.

Dix minutes plus tard, ils sont attablés avec un verre de vin blanc sous une véranda au bord d'un étang bordé d'arbres. Un coin de verdure proche de la ville. Leur discussion repart, là où ils l'avaient laissée comme si c'était la veille, sur les voyages et les livres, et sur le film que François a vu le week-end dernier *A star is born*. Il lui explique la signification du terme « *shallow* », titre de la bande originale du film, interprété en duo par les deux artistes, Lady Gaga et Bradley Cooper. *Shallow* a plusieurs sens : la partie juste sous la surface de l'eau, qui n'a pas d'équivalent en français, mais aussi le superflu, superficiel. Plus généralement, la chanson phare du film est un appel à suivre sa voie, réaliser ses rêves quels que soient les obstacles.

Le déjeuner passe très vite. Trop vite. Elsa ressent une forte attirance à la fois physique et intellectuelle pour lui. Elle admire son visage assez marqué, sa peau mate. De fines ridules marquent son front et le contour de ses yeux et se plissent à chaque fois qu'il sourit. Elle observe ses mains fines. Elles ont l'air douces, elle a envie de les caresser.

A la fin du repas, il lui propose de faire un petit tour de l'étang avant de rejoindre la voiture. Seules quelques feuilles orangées ont résisté au froid et habillent encore les arbres décharnés dont les branches nues ressemblent à des œuvres contemporaines. Un héron plane majestueusement au-dessus de l'eau et atterrit sur une perche qui dépasse au milieu. Elsa se sent tellement bien qu'elle a envie de le crier.

François ressent sans doute la même chose quand il lui entoure soudainement les épaules avec son bras. Leurs bouches se rapprochent instinctivement dans un même élan pour un premier baiser exalté.

Quand il la redépose au bureau à quinze heures trente, elle ne ressent aucune culpabilité d'arriver si tard alors que tout le monde est à son poste depuis deux heures. Elle reste avec François en pensée, jusqu'à découvrir les quatre messages WhatsApp de Natasha sur son téléphone. « Hi », « I need to see you face to face 5 minutes », « are you available between 2 and 3pm ? »[1] Elle sourit, narquoise et pense, « ben non ».

Sa longue pause déjeuner a bouleversé son agenda serré de la journée et elle peine à boucler avant dix-neuf heures. Elle se fixe mentalement de partir à dix-neuf heures dix quand son téléphone sonne. C'est Linda. Elle ne saisit aucun mot de ce que cette dernière lui dit. Malgré la cacophonie qui l'entoure, elle finit par comprendre que Margot s'est coupé le doigt. Le stress l'envahit d'un seul coup, elle se met à trembler et lui hurle qu'elle appelle le SAMU tout de suite et qu'elle arrive.

Elle pédale de toutes ses forces, les larmes coulent le long de ses joues, elle a peur. Et quand elle a peur et qu'elle est seule, elle chante à pleins poumons « le galérien » comme quand elle était petite sur les tire-fesses au ski. « J'ai pas tué, j'ai pas volé… »

Elle arrive dans la zone urbaine et s'est donc arrêtée de chanter quand les sanglots d'un violon attirent son attention. Elle tourne la tête. Le son s'échappe de la rue piétonne pavée et résonne dans les alentours. C'est sans doute du Bach. C'est magnifique. Elle se remet à pleurer mais une pointe d'espoir s'est allumée au plus profond

---

[1] Salut, j'ai besoin de te voir 5 minutes, es-tu disponible entre 14 et 15h

d'elle. Nouveau coup de pédale, elle poursuit sa course folle.

Elle débarque à la maison comme une furie pour découvrir que le SAMU a déjà emmené Margot. Léa et Eliot sont blêmes et s'agrippent à elle. Elle se dégage doucement de leur étreinte et les confie à la nounou jusqu'à l'arrivée de Nicolas qu'elle a appelé de son vélo. Il est en route pour la maison. Elle jette son sac d'ordinateur dans l'entrée et repart vers l'hôpital indiqué par Linda.

Des sirènes d'ambulances hurlent en continu quand elle approche, elle frissonne. Ses mains sont glacées car elle n'a pas pris le temps d'enfiler ses gants depuis le départ et les ouvre avec peine. Elles tremblent tellement qu'elle doit s'y reprendre à plusieurs reprises pour ouvrir son cadenas de vélo. Sans succès. Elle jure à voix haute. S'énerve. Elle ressort la clé du mécanisme, l'insère à nouveau, la tourne et cette fois ça vient, le cadenas s'ouvre. Elle se penche précipitamment vers la roue pour l'attacher à l'armature de métal.

Elle s'adresse à l'accueil craignant qu'on ne lui refuse l'accès ou bien qu'on la fasse patienter des heures. Finalement elle passe cette étape rapidement. Les yeux suppliants aidant peut-être.

- Suivez les ronds rouges, prenez l'ascenseur jusqu'au troisième étage, puis faites un U jusqu'à l'usique. Ensuite, passez du secteur B à A.
- L'usique.... Qu'est-ce que c'est que ce truc... ?

Elle démarre son jeu de Petit Poucet le long des pastilles rouges collées au sol. L'hôpital est immense et désert. Elle évolue dans un monde à part uniquement éclairé à la lumière artificielle, dans lequel tentent de se soigner ou de survivre des blessés, malades et mourants. Les pastilles rouges l'ont-elles emmenée trop loin ? Elle ne croise personne. Quelle étrange sensation d'avoir pénétré dans cette soucoupe volante déserte. Elle finit par trouver les ascenseurs, monte au troisième, et pénètre alors dans le secteur B. Il lui reste à trouver le A.... un sol plastifié vert, des murs blancs, de longs couloirs interminables et des portes battantes s'égrènent. Mais à intervalle régulier, un carrefour de couloirs, identiques aux précédents. A chaque fois elle s'interroge : lequel doit-elle prendre ? Pas âme qui vive à interroger. Où est caché tout le personnel de ce monde souterrain, de cette usine médicale, qui ne distingue pas le jour de la nuit ? Elle avance. À chaque nouvelle intersection elle prend une décision totalement aléatoire. Elle tourne tantôt à gauche tantôt à droite ou bien va tout droit, à l'instinct. Elle finit enfin par trouver une infirmière attablée derrière un ordinateur dans un petit cagibi sans fenêtre. Sa sauveuse.

- Je suis complètement perdue. Je cherche l'usique.
- Ahhh l'USIC !
- Oui d'ailleurs ça veut dire quoi ?
- Unité de Soins Intensifs en Cardiologie.

« Chacun son jargon... moi c'est les KPI, ROI, MBS... ici c'est l'USIC », pense Elsa.

- Le service des urgences pédiatriques se trouve en secteur A, au-delà de la passerelle qui part de l'USIC.

La voix résonne lointaine et étouffée et peine à atteindre son cerveau.

- Je vais vous accompagner, lui dit finalement l'infirmière dans un soupir en lui prenant doucement le bras.

Nicolas attend son retour assis sur le canapé, tête baissée. Elsa s'assoit à ses côtés et lui raconte l'hôpital. Margot a été opérée, son doigt réimplanté par le Professeur spécialiste de la chirurgie de la main. Sa fille dormait quand elle est repartie. Elle devrait pouvoir ressortir rapidement. Elsa aimerait que Nicolas la serre dans ses bras, qu'il la console, qu'il la rassure. Mais il ne bouge pas, abattu, muet. Son regard est impénétrable, les yeux fixés vers le sol, durs. Ses poings se serrent sur ses cuisses, à intervalles réguliers. Elle ne sait pas ce qu'il se passe dans sa tête. Comment son mari, comment le père de ses enfants est-il devenu un étranger pour elle ?

La pendule sonne trois légers coups qui la tirent de sa rêverie. Elle observe son balancier qui va et vient avec une exactitude parfaite.

Après un moment qui lui semble être une éternité, elle se lève, soupire un « bonne nuit » auquel un murmure lui répond. Elle passe embrasser Eliot qui s'agite quand elle se colle à un centimètre de lui sans le toucher. Elle inspire profondément, s'énivre de son odeur d'enfant, un mélange d'effluves de doudou mâchouillé, de savon pour bébé et de peau douce. Elle passe ensuite voir Léa qui s'était probablement forcée à rester aux aguets, car elle grommelle une question en l'entendant entrer. Elle lui caresse doucement les cheveux et la rassure sur l'état de sa sœur. Léa n'attendait que ce signal pour sombrer dans un profond sommeil.

Avant de se coucher, Elsa jette un œil à son téléphone. Trois messages de François qui s'inquiète de n'avoir aucune nouvelle. Ses messages pleins de tendresse la rassérènent. Elle n'a pas le courage de lui écrire pour lui expliquer ce qu'il vient de se passer et lui chuchote donc un « vocal », comme sa fille, pense-t-elle attendrie. Un message lui répond deux minutes plus tard « je te souhaite plein de courage ma chérie et pense fort à toi ». Si seulement il était là pour qu'elle se blottisse contre lui. Elle s'effondre sur son oreiller épuisée.

Le lendemain matin, Elsa dépose Eliot à l'école. Elle discute cinq minutes avec ses copines, les autres mamans de l'école, devant l'entrée et fait lentement le chemin inverse. Elle va travailler de la maison pour pouvoir aller rendre visite à Margot dès que possible.

Quand elle tourne au coin de la rue, elle sursaute et pousse un léger cri en sentant une présence à côté d'elle qui se rapproche de son visage et l'embrasse fougueusement. Un élan de joie l'envahit, elle se jette contre François pour enfouir son visage contre son épaule. Il la prend par la main et l'entraîne vers le café de la rue adjacente. Rien que cette main qui la tient fermement la rassure, lui fait du bien. A chaque fois qu'elle croise un couple qui se tient la main, elle se pose la question : est-ce un couple récent, un « *late love* », un amour de la maturité, comme les appelle Avivah Wittenberg-Cox dans son livre, ou bien est-ce un couple qui se tient encore la main après vingt ans, trente ans … d'amour ? … d'habitude ? d'affection ?

Les banquettes en cuir, le chocolat chaud et le regard chaleureux de François la réconfortent. Les mots sortent en cascade de sa bouche, elle a besoin de se décharger de toute la tension et de la peur accumulées la veille. Il l'écoute avec patience en lui caressant la main. Quand ils se quittent au bout d'une heure, elle se sent beaucoup mieux.

Margot est assise sur son lit en train de regarder un dessin animé quand Elsa entre dans sa chambre. Sa main disparaît sous un bandage énorme. Elsa se précipite sur elle pour lui faire un câlin.

- Comment ça va ma chérie ? j'ai eu tellement peur.
- T'inquiète pas maman, ça passe crème.

12.

Il court, il court, il court, ses pieds touchent à peine le sol et semblent quasiment en lévitation à quelques centimètres au-dessus du chemin. Il ne s'arrête jamais même quand il vise une silhouette pour l'abattre. Il traverse un paysage féérique aux couleurs dégradées de mauves, parsemé de plantes étranges : des champignons phosphorescents, des fleurs carnivores luminescentes. Des nuages apparaissent, violets, en harmonie avec le reste du paysage, et se font de plus en plus menaçants. Il court, vole presque, encore plus vite, pour échapper à cette tempête qui le fragilise et fait diminuer à vue d'œil sa ligne de vie, une ligne verte en bas à gauche de l'écran, dont le compteur parti de cent décroît. Le zéro final signera son arrêt de mort. Pour l'instant le compteur affiche encore soixante-treize. Il continue sa course effrénée en direction de la zone de sécurité, à présent à travers un paysage lunaire, constitué de vallons et petites montagnes, agrémenté de sapins. Il vient d'attraper en route un kit de survie qui lui a permis de gagner quelques points de vie. Régulièrement il construit des murs pour se protéger des ennemis ou des ponts pour lui permettre de franchir des obstacles, et il continue d'éliminer tout ce qui bouge à l'aide des armes récupérées sur sa trajectoire. Des cent personnages ayant sauté du *Battle Bus* au début du jeu, il ne restera qu'un seul survivant, le gagnant.

Il vient de mourir, il restait treize joueurs dans le jeu, il est exténué, il a l'impression d'avoir couru un marathon.

Romain prend quelques minutes pour souffler, jette un œil à l'heure, 23:12, et relance une nouvelle partie de *Fortnite Battle Royale*.

13.

En ce lundi matin de début décembre, changement d'horizon. Elsa est confortablement affalée dans un fauteuil de velours rouge au Palais des congrès Porte Maillot pour une journée sur les nouvelles tendances de la beauté : en vrac, *skinification*, *customisation*, *clean beauty*, localisme des ingrédients, beauté fonctionnelle... Elle a sorti son carnet pour prendre des notes mais n'arrive pas à fixer son attention sur la personne qui harangue le public depuis la scène tel un prédicateur mormon. Un sentiment nouveau la chatouille à l'intérieur et un sourire béat s'affiche sur son visage. Elle se sent heureuse aujourd'hui, avec des sensations nouvelles. Elle est mue par un bonheur qui enfle, mais qui est différent de celui d'aimer à la folie ses enfants, ses parents, ses sœurs. Une sensation qu'elle avait bannie de son esprit depuis des années. Mais bien sûr, c'est un amour secret, qu'elle ne pourra pas partager au grand jour. Cela lui rappelle une sensation ressentie il y a treize ans, quand elle était enceinte pour la première fois, sans doute de quatre ou cinq mois.

Elle était alors *Strategic planner* en agence de publicité, son premier boulot sur lequel elle avait enchaîné après ses études. Ils étaient sur une grosse compétition suite à l'appel d'offre du leader d'éponges pour vaisselle et préparaient leur présentation pour tenter de gagner ce nouveau client et étendre leur pouvoir sur le monde de la grande consommation. Elle était enthousiaste et partie prenante dans la motivation de l'équipe, quand tout à coup elle s'était concentrée sur une sensation nouvelle. Un phénomène surnaturel venait de se produire dans son ventre. Son bébé avait bougé pour la première fois. La voix de Brice, leur Directeur de Création, s'était s'atténuée et avait disparu petit à petit dans un brouillard. Elle se souvient qu'elle s'était retenue de pousser du coude sa voisine pour lui dire. Elle avait envie de prendre toute l'équipe à témoin pour clamer l'évènement extraordinaire qui se produisait en elle à ce moment. « Mon bébé vient de bouger ! » Mais bien sûr elle avait gardé son cri à l'intérieur. Cela n'intéressait personne. Qu'elle. Ils pouvaient continuer à débattre d'éponges, elle était très loin de tout ça. Elle avait posé sa main discrètement sur son ventre arrondi et le caressait. Elle caressait son bébé. Lui seul comptait. Le reste qui la veille ou même une heure auparavant la faisait bondir aussi comme les autres était devenu complètement dérisoire à cet instant.

Elle retrouvait ce matin cette même sensation. Elle était en train d'écouter les tendances globales à venir en matière de beauté mais pensait à François, son amour secret.

Deux jours plus tard, un bref message de François s'est affiché sur son écran quand elle a allumé son téléphone. « Bonjour mon amour, j'espère que ta fille va mieux, et toi aussi, je passe te chercher à 12h30 pour déjeuner. Je t'embrasse tendrement. »

Au bureau, la nervosité est à son comble. Tous les collaborateurs ont reçu un e-mail leur demandant de ranger leurs bureaux, de ne laisser traîner aucun objet, carton, papier. Ils sont entrés dans l'ère du « *clean desk* » à sa puissance maximale. Chaque centimètre carré est passé au peigne fin. Seul le miroir et l'ordinateur sont autorisés sur les bureaux. En parallèle, les murs ont été repeints et les décorations entièrement refaites pour l'occasion. Chaque mur arbore la couleur d'une des marques du groupe et son égérie en format abribus. Tout est fin prêt pour l'arrivée du Christ le lendemain.

A neuf heures trente, les membres du Comité de Direction et du *Board* Monde se retrouvent à l'auditorium pour la répétition. Elsa s'impatiente d'avance et espère qu'ils auront terminé à midi. Elle évalue ses chances de pouvoir s'éclipser discrètement avant la fin, sa partie étant dans la première moitié.

Midi quarante, la répétition est loin d'être achevée. Elle prétexte un rendez-vous important et se précipite vers la sortie avant d'être rappelée à l'ordre. Elle fait mine de ne pas avoir entendu, ils se passeront d'elle, elle a déjà déclamé son texte.

François est tout excité mais attend qu'ils soient assis pour lancer :

- Tu m'as bien dit que tu partais aux Etats-Unis ?
- Oui, lundi matin
- J'ai réussi à changer mon programme et à avancer mon voyage de mon côté, au lieu d'y aller en janvier. Je peux te retrouver à Los Angeles après mes visites de sites du Nevada !

Les yeux d'Elsa brillent de joie.

Le soir, elle termine très tard la présentation, après avoir couché les enfants. Natasha lui a demandé de rajouter à la dernière minute un bilan des dernières formulations aux essences d'orchidée lancées en Asie et lui envoie plusieurs WhatsApp dans la soirée pour lui demander où elle en est. Il lui manque des données, elle attend le réveil des équipes chinoises et coréennes pour récupérer les résultats en direct. Elle lutte devant l'écran, ses yeux piquent et se ferment. Elle obtient finalement les informations qui lui manquaient, copie le lien de la présentation finalisée dans un e-mail à l'attention de Natasha et l'envoie. Elle reçoit un message automatique en retour qui indique « ****My working day may not be your working day. Please do not feel obliged to reply to this email outside of your typical working hours.* *** »[1] Quelle ironie.

L'heure en bas à droite de l'écran affiche 3:23, Elsa ferme son clavier et monte se coucher, épuisée.

Le lendemain, jeudi 6 décembre, ding, « hello », *Natasha écrit* s'agite frénétiquement sur l'écran d'Elsa. Celle-ci repose son téléphone et achève d'aider Eliot à enfiler son costume de Saint Nicolas. Ding, « today's presentation is cancelled, Chris is not anymore available, more to come[2] ».

- Ça alors !

Un sourire, qui d'ironique devient amer, s'affiche sur son visage. Elle pense à la déception de toutes les équipes qui ont mis tant d'énergie à la préparation de cette réunion au sommet, et à sa nocturne de la veille. Elle est révoltée par un tel manque de respect, et soulagée à la fois d'éviter cette mascarade.

- Qu'est-ce qui t'arrive maman ? T'as gagné au loto ?
- Ahahah non… mais mieux … ma journée vient de se libérer !

---

[1] Mes horaires de travail peuvent ne pas être les mêmes que les vôtres. Ne vous sentez pas obligé de répondre à cet e-mail en dehors de vos heures normales de travail.

[2] La présentation d'aujourd'hui est annulée, Chris n'est plus disponible, plus d'infos à venir

Elle espère seulement que la réunion au sommet ne va pas être reportée à la semaine prochaine et remettre en question son déplacement.

La rencontre avec Chris étant annulée, elle décide de passer voir Margot ce matin plutôt qu'en rentrant ce soir. Les infirmières la connaissent bien à présent et l'autorisent exceptionnellement à entrer en dehors des heures de visite.

Margot a été suivie de près afin de s'assurer que la réimplantation a bien fonctionné. Les infirmières l'ont félicitée pour son courage et Elsa voit à son regard déterminé qu'elle lutte avec force contre la moindre manifestation de douleur. Elle s'est remise plus rapidement que prévu, la cicatrisation et la vascularisation du doigt se sont bien faites et Elsa est autorisée à la ramener à la maison le lendemain. Margot réclame de retourner à l'école dès lundi.

14.

Hermosa Beach, Californie

Ils sont assis sur le sable, main dans la main, face aux vagues du Pacifique ; étonnantes, puissantes. Elles naissent à une extrémité, prennent leur forme en jaillissant de droite à gauche parallèles à la plage et fendent l'air telles des lames de fond. Puis elles s'écrasent dans un vacarme assourdissant. Leur mouvement incessant est hypnotisant. Elsa et François fixent les vagues puis se regardent en plongeant leur regard amoureux dans les yeux de l'autre. François se penche ensuite vers Elsa, la bouche légèrement entrouverte, et vient délicatement poser ses lèvres contre les siennes. Leurs langues se mêlent, s'entremêlent, se démêlent. Plus rien n'existe autour d'eux. Le bruit des vagues s'est éteint. Leurs baisers se font de plus en plus passionnés, ardents. Le désir enfle. François se lève, la prend par la main, ils courent sur le sable en riant. Ils ont loué pour une nuit à la fin de leurs déplacements respectifs une petite maison typique d'ici, bleu ciel, posée sur la plage comme une cabane.

Ils y entrent par la baie vitrée, toujours main dans la main, toujours riant, et grimpent quatre à quatre l'escalier en bois peint en blanc. A l'étage, un grand lit bas recouvert d'une couette en lin beige clair fait face à une deuxième baie vitrée. Le sol entièrement habillé de jonc de mer brut accueille leurs pieds nus de son relief rugueux.

François la fait basculer sur le lit. L'heure n'est plus à la délicatesse, le désir est trop fort. Sa langue remonte avidement le long de ses jambes salées et force le passage de son maillot de bain en tirant sur la ficelle avec ses dents. Elle frissonne sous ses caresses, les seins libérés des triangles de tissu jaune. Une légère brise s'infiltre à travers les vitres entrouvertes et effleure leurs corps nus et chauds. Elle parvient à faire glisser son short sur le sol et leurs corps ne font plus qu'un, allant et venant avec emphase. La jouissance est extrême, délicieuse, unique.

Ils restent allongés longtemps, leurs deux corps nus, serrés l'un contre l'autre, continuant à se caresser et s'embrasser, délicatement. Petit à petit, le désir est de nouveau émoustillé. Leurs peaux s'emmêlent encore, plus lentement. Le deuxième orgasme est différent. Plus doux. Mais tout aussi bon. Le bruit des vagues est revenu et les berce tandis qu'ils s'assoupissent avec volupté.

Ils ont la journée devant eux, leur vol de retour n'est qu'à vingt et une heures ce soir.

15.

Un calme étrange règne dans la maison. Romain a fini par s'assoupir dans le canapé dont il a déjà remarqué, avec quelque honte que l'assise se creusait au fil de ces deux dernières années et allait bientôt présenter, tel un fossile, son empreinte corporelle à la vue de tous. Il ouvre un œil et à travers ses yeux mi-clos observe sa maman qui balaye frénétiquement l'écran de son iPad pour zapper d'une page à l'autre. La lumière artificielle de l'appareil irradie sur son visage, seule source d'éclairage dans la pièce dont la nuit tombante a déjà assombri l'atmosphère. Sa mère ne semble pas très concentrée sur les pages qui défilent devant elle et sa fébrilité exprime plutôt une forme d'impatience.

Romain entend de loin le moteur caractéristique de la vieille Peugeot descendre la rue. Il n'est pas le seul. Sa mère relève la tête d'un seul coup, son corps entier s'est tendu. Ils suivent chacun mentalement l'arrivée du père de Romain de l'aéroport : les phares dont la lumière jaune se reflète sur la véranda des voisins puis s'éteignent, le claquement de la portière, le grincement lancinant de la grille, les pas lents sur le gravier, la poignée qui s'abaisse sur la porte et ce dernier apparaît avec un grand sourire. Romain n'a pas le temps de retourner son visage vers sa mère qu'il voit l'iPad voler avec force à travers la pièce sur son père qui se baisse pour l'éviter. L'iPad ricoche sur la porte et tombe par terre avec fracas.

Sa mère se lève et se précipite dans les escaliers en pleurant.

16.

Une vingtaine de pompons rangés deux par deux trottinent devant Elsa qui tient la main d'Eliot d'un côté et celle d'une petite copine de l'autre. Des « Bonjourlamamandeeliot » l'ont accueillie quand elle est arrivée devant l'école. Pour cette dernière semaine avant les vacances de Noël, le temps est froid et sec et un soleil d'hiver rayonne sur les enfants emmitouflés. Elsa accompagne la classe d'Eliot au cinéma. Elle se fixe une sortie par an par enfant, ne peut pas en faire plus mais c'est un tel plaisir de voir leur regard reconnaissant quand elle le leur annonce, puis fier le jour J devant les autres enfants envieux. Elle choisit soigneusement sa sortie. Jamais la piscine qui se limite à aider les enfants à se déshabiller et s'habiller. Pas envie d'être cantonnée à l'arrière des baies vitrées pendant la séance, l'accès au bassin étant interdit aux parents accompagnateurs.

Passage piétons. Elsa lâche la main d'Eliot pour se mettre en travers de la rue les bras écartés et bloquer les automobilistes tel un agent de circulation. C'est étonnant à quel point ce petit geste sans prétention mais concentré de pouvoir lui procure un infime sentiment d'orgueil : celui de protéger sa propre progéniture ainsi que celle des autres.

Ils pénètrent dans le hall du cinéma où des dizaines de classes ont convergé dans un joyeux brouhaha. Elsa n'a pas eu une seconde entre le retour des Etats-Unis et les bouclages de fin d'année pour s'interroger sur le film qu'ils allaient voir. C'est un dessin animé japonais, *Miraï ma petite sœur*, qui commence. Elle qui pensait seulement faire une bonne action et voir un film sans intérêt, découvre stupéfaite sa vie projetée sur grand écran : la grande maison d'architecte sur plusieurs niveaux, éclairée par de larges baies vitrées et agrémentée avec parcimonie de meubles design, le petit garçon dont la couleur vire au rouge de colère quand il s'énerve, le père à cran, dont le visage se déforme progressivement pour laisser s'ouvrir béante une bouche extra-large quand il craque et la mère dont les larmes naissent aux coins des yeux et se transforment rapidement en rivière, comme dans *Candy*, le dessin animé des années quatre-vingt. Constater qu'ils vivent ce même type de crise familiale au Japon la rassure.

Le lendemain, l'air glacial pique les joues et les yeux quand Elsa et les enfants sortent dans la nuit pour le dernier jour d'école. Les guirlandes lumineuses pendent aux branches d'arbres dénudés, une ambiance de fête flotte dans l'air depuis le début du mois. Elsa dépose Eliot puis Margot et remarque que chaque maîtresse a les bras chargés de boîtes de chocolat. C'est chaque année la même chose, la fin d'année arrive comme une tornade et elle ne pense jamais à offrir un cadeau en milieu d'année. Surtout, la maîtresse parvient-elle à avaler tous les chocolats offerts par ses élèves, ou redistribue-t-elle les boîtes reçues à ses belles sœurs, cousins et vieilles tantes ?

Aujourd'hui Elsa travaille à la maison exceptionnellement. Elle en profitera pour aller chercher les enfants ce soir. Elle enchaîne trois réunions avec la Chine puis le Moyen-Orient et décide de sortir faire un tour avant de déjeuner pour profiter de la lumière. En passant devant la librairie, elle se dit qu'un livre pourrait être une bonne idée de cadeau pour la maîtresse de Margot. De la nourriture intellectuelle pour compléter la nourriture calorique des autres mamans ; la maîtresse la remerciera. Elle entre mais n'a pas beaucoup de temps avant sa prochaine réunion. Elle appelle sa petite sœur qui est toujours à la pointe des dernières sorties, que ce soient livres ou films.

- Mathilde, tu aurais un livre à me conseiller ? je suis devant l'étalage, chez le libraire, c'est pour la maîtresse de Margot.
- Elle est comment ?
- Très sympa, dynamique, drôle, environ trente-cinq ans, célibataire, pas d'enfant je crois.
- Pourquoi pas le dernier livre de Fab Caro, tu sais l'auteur de la BD *Zaï, Zaï, Zaï* ; il vient de sortir *Broadway*.
- Pas entendu parler … ah oui, je le vois sur la table de présentation avec un petit bristol « coup de cœur du libraire » ... Merci pour le conseil, je vais le feuilleter…

Elsa lit les trois premières lignes et le glisse sous son bras. Elle patiente dans la queue pour la caisse, « avec un papier cadeau s'il vous plait », et aperçoit *4321* de Paul Auster, dont François lui a parlé l'autre jour. Elle l'ajoute à l'autre sur le comptoir.

- Vous faudra-t-il un papier cadeau pour celui-là également ?
- Oui, s'il vous plait.

Elsa demande toujours un papier cadeau quand elle s'achète un livre ; elle aime s'offrir un cadeau à elle-même et ouvrir délicatement l'emballage fleuri au moment de le commencer.

Le soir, la maîtresse a l'air ravie ; « oh merci ! j'adore les comédies musicales en plus ! »

17.

Ils ne sont que tous les quatre pour ce Noël. Grand Pa n'est plus assez en forme pour les rejoindre à présent et Christine, la tante de Romain, sœur de sa maman, son oncle et ses cousins profitent de leur appartement au ski.

Romain et sa famille passent quelques jours à Amsterdam, dans un petit hôtel de charme ; une maison étroite et haute, en briques peintes en rouge, qui se dresse serrée entre les autres bâtisses, le long du canal. La mère de Romain a eu du mal à trouver un hôtel de ce type avec ascenseur. Tandis que Romain le regarde se refléter dans l'eau, depuis l'autre rive, il a l'impression de tanguer avec toutes ces fenêtres qui ont l'air de pencher d'un côté et de l'autre au point de s'entrechoquer.

Hier soir ils ont fêté le réveillon de Noël dans le restaurant d'un bateau qui faisait le tour des canaux au rythme des plats. La ville avait des airs de maison de poupée avec ses lampadaires qui s'enflammaient dans l'eau en se reflétant, ses décorations lumineuses à chaque fenêtre et les milliers de vélos accrochés à la moindre parcelle de mur ou de pont disponible.

Ils se sont offert leurs cadeaux au moment du *Kruimelvlaai*, sorte de crumble à la crème dont ils se sont entraînés à prononcer le nom pendant toute l'attente du dessert avec Camille et leur père. Leur mère faisait la tête, Romain n'en comprenait pas la raison. Était-ce parce qu'ils n'avaient finalement pas été aux Antilles comme il en avait été question à un moment donné ? Mais leur père avait déclaré qu'il voyageait déjà beaucoup pour le boulot et que si cela ne tenait qu'à lui, ils iraient dans le Périgord. Après plusieurs discussions que Romain n'avait pas voulu entendre, le choix s'était finalement arrêté sur Amsterdam.

Le père de Romain a offert un livre à sa femme, alors qu'elle ne lit jamais. Celle-ci l'a remercié et a regardé sans un mot la quatrième de couverture de *La chute* d'Albert Camus.

- Tiens, ça se passe à Amsterdam, a-t-elle soupiré après un long moment, si long que Romain s'est demandé si elle détournerait un jour ses yeux du texte serré qu'elle tenait entre ses mains.

Elle, lui a offert une cravate bleu marine ; plutôt classe mais Romain se fait la réflexion que son père n'en met plus jamais. Il a senti un moment de gêne au moment de la remise des cadeaux entre ses parents. Heureusement Camille a sauté de joie en déchirant le papier de soie qui recouvrait la veste de ses rêves, et de son côté, il était content d'avoir des *airpods* pour remplacer son casque et fier du magnifique sweat-shirt blanc *Abercrombie* que son père lui a rapporté des Etats-Unis. Il a vu sa maman serrer les dents quand il a dit qu'il était trop beau. Quel Noël étrange.

18.

Le feu crépite dans la cheminée, la table de fête a été abandonnée, des monceaux de papiers cadeaux multicolores déchirés ont envahi le parquet. Chacun est accroupi ou en tailleur dans un coin en train d'essayer de faire fonctionner son cadeau ou de commencer les premières pages du livre qu'il a reçu. Christelle, la sœur aînée d'Elsa, lui a offert une magnifique écharpe vert d'eau, assortie à ses yeux, ses parents une paire de jumelles dont elle rêvait depuis longtemps pour observer les oiseaux et une robe en crochet Missoni magnifique.

- Léa, peux-tu aller chercher les truffes qui sont sous le papier d'argent s'il te plait ? chantonne la douce voix fluette de leur grand-mère.

Les trois têtes se redressent de concert les yeux brillants :

- D'argent ?!

Elsa intervient d'un « mamie veut dire papier d'alu ». La poésie se perd au fil du temps.

Mathilde a offert à Elsa le fameux *Broadway* de Fabrice Caro. Cette dernière rigole à voix haute en lisant les états d'âme d'Alex… jusqu'à ce que ce dernier soit convoqué par le proviseur du collège au sujet d'une caricature réalisée par son fils, mettant en scène le prof de SVT prenant en levrette la prof d'anglais … Hum, elle repense au cadeau qu'elle a offert à la maîtresse de Margot et espère que celle-ci a de l'humour et n'est pas trop coincée.

Le cadeau de Nicolas est un « bon pour » griffonné rapidement au stylo bille vert. Elle songe avec amertume que le type de cadeau de Noël au sein d'un couple est un baromètre de l'état d'une relation…

19.

Au retour d'Amsterdam, le père de Romain a retravaillé trois jours tandis que son fils et sa femme restaient à la maison. Camille est repartie directement chez sa copine Clara à la montagne. La mère de Romain se lève de plus en plus tard le matin. Elle ne réagit même plus quand elle trouve son fils devant son nouveau jeu, et oublie de râler quand celui-ci ne met pas le nez dehors vu qu'elle ne sort pas non plus. Le livre *La chute* est pour l'instant resté intact sur le guéridon dans l'entrée. Elle reste à ne rien faire une grande partie de la journée et commence à s'agiter vers dix-neuf heures. Elle appelle trois fois son mari pour vérifier qu'il arrive. Romain ne comprend pas ce qui lui prend. Ou ne veut surtout pas comprendre ni s'en mêler.

Samedi, ils repartent pour le week-end du réveillon. Le père de Romain est prêt depuis longtemps, il s'est levé aux aurores comme d'habitude, a déjà chargé la voiture et attend dans l'entrée.

Depuis le matin, Romain sent une boule coincée au niveau de l'estomac. Il n'a rien pu avaler au petit déjeuner. Il ne pensait pas que cela lui ferait cet effet mais plus le moment approche, plus il angoisse. Ils vont à Cassis où il n'est jamais retourné depuis l'accident. Danielle et Benoît, les meilleurs amis de ses parents, les invitent chaque année, hiver comme été, mais jusque-là, il n'avait pas le courage de revoir la falaise qui lui a pris ses jambes. Et finalement, il s'est décidé cette année parce que c'est le mois de décembre et qu'il ne verra pas ses potes plonger de ce rocher maudit. Aussi parce que Fred et Olive l'ont tellement supplié qu'il a fini par céder.

- Corinne, tu es prête ? Plus on va partir tard, plus on aura de bouchons, on avait dit qu'on partirait avant neuf heures, il est déjà neuf heures trente passées, s'impatiente son père.
- On voit que ce n'est pas toi qui as vidé la machine, partez sans moi si tu n'es pas content.
- Il n'y avait aucune urgence à lancer la machine ce matin, cela pouvait attendre trois jours.

Romain augmente le son de sa musique, ses *airpods* sont vraiment d'excellente qualité. Il ferme les yeux et se laisse transporter loin de ces disputes.

Une poussée à l'arrière de son fauteuil qui s'ébranle lui fait comprendre que c'est enfin le départ. Sa mère est déjà installée sur le siège passager, le visage fermé. Son père aide Romain à s'asseoir, replie prestement son fauteuil et le range dans le coffre. Romain jette un œil à l'horloge de la voiture : 10:14. Peut mieux faire.

Son père enclenche le CD que Romain lui a offert à Noël et *Paradise* résonne dans l'habitacle. L'effet est immédiat, il se détend instantanément aux sons de Coldplay et se met à chanter.

- *When she was just a girl, she expected the world*
But it flew away from her reach
So she ran away in her sleep
Dreamed of para-para-paradise…

Romain avait oublié à quel point il aimait cet endroit : la roche calcaire, les maisons aux couleurs pastel, les auvents flashy des cafés restaurants sur le port, la plage de galets et les calanques aux falaises escarpées. Il n'est pas retourné tout de suite à la plage. Il était content de retrouver Fred et Olive qui habitent Lyon et qu'il n'avait pas revus ces dernières années. Les deux premiers jours, ils ont erré des heures sur le port, à observer les allers et venues des bateaux, ou à prendre un verre en terrasse. La température était particulièrement douce et un sweat-shirt suffisait quand ils étaient au soleil. Ils gardaient leur verre à moitié plein le plus longtemps possible vu que c'était leur sésame pour conserver la table et restaient de longs moments sans rien dire. Juste le plaisir d'être ensemble, comme avant.

En ce dernier matin de l'année, c'est le chant d'un oiseau qui l'a réveillé ; plus tôt que d'habitude. Romain a mis un moment à réaliser que l'oiseau était réel et pas issu de son rêve mais a gardé les yeux fermés, jusqu'à ce qu'il admette qu'il était vain d'essayer de le poursuivre ou même de s'en rappeler. Il a ouvert les yeux et tourné légèrement la tête pour voir Fred étalé sur le ventre, la tête orientée de l'autre côté, le bras ballant en dehors du lit touchant presque le parquet. Il a décidé de se lever avant les autres pour une fois. Il s'est soulevé sur un coude, puis l'autre afin de basculer son buste vers l'avant d'une poussée sur les poignets. Il a attrapé son fauteuil et s'est transféré dessus à partir du lit.

Son père était déjà dans la cuisine carrelée jaune et blanche, en train de pianoter sur son téléphone d'une main, son café dans l'autre. Il a fait un grand sourire à son fils en le voyant.

- Ça va mon grand ? déjà levé ?
- Oui, je vais aller me promener.

Romain a hésité à lui proposer de venir avec lui mais s'est ravisé. Il a besoin d'y aller seul.

- Tu ne prends pas ton petit déjeuner avant de partir ?
- Non, je le prendrai avec les autres, en rentrant.

Il est sorti avec le bas de survêtement qu'il avait déjà sur lui et s'est contenté d'enfiler un sweat-shirt à capuche et un blouson.

L'air frais lui saisit le visage quand il passe le pas de la porte, c'est agréable. Il dirige ses roues vers la petite route qui mène à la plage et après une vingtaine de minutes, il la voit face à lui. Elle n'a pas changé. Toujours cette lumière blanche, bien qu'un peu rosée à la lueur du matin, un mélange de sable rendu rugueux par une multitude de petits cailloux, et une eau limpide, éclairée par les premiers rayons qui ricochent sur la falaise. La plage est déserte. Seule une femme en maillot de bain une pièce et coiffée d'un bonnet en laine défraîchi nage. Un homme promène son chien. Il doit être huit heures et quelques.

Romain avait imaginé que le film de l'accident se déroulerait devant lui quand il verrait le rocher mais finalement rien, il ne pense à rien, se contente de regarder.

« Romain », il lève la tête, c'est son père qui vient de la falaise et l'appelle. Il a un paquet dans les bras, Romain ne distingue pas ce que c'est.

- Ça te dit de te baigner ? je t'ai pris ton maillot et des serviettes, je me doutais que je te croiserais peut-être par là.

Une vague de reconnaissance enfle en lui. Il n'aurait jamais osé émettre cette idée, mais il sent au fond de lui que c'est exactement ce dont il avait envie. Comme il est parti sans ses attelles, son père le porte jusqu'à l'eau et entre avec lui jusqu'à ce qu'il flotte. L'eau glacée le saisit d'un coup. Sensation très bizarre de la désintégration de son corps qui est la somme de ses jambes, qu'il ne sent déjà plus, et de son buste et de ses bras qui, en se frigorifiant, cessent peu à peu d'exister. Seule sa tête doucement réchauffée par le soleil matinal a conservé un restant de vie. Il remue vigoureusement les bras et alors seulement une nouvelle énergie naît de l'intérieur. Il décide de viser la bouée jaune qui ballotte à une centaine de mètres de là. Son père fend la surface de l'eau enchaînant quelques longueurs de crawl autour de lui.

Ils font demi-tour une fois la bouée atteinte et ressortent rapidement, avant de finir complètement tétanisés. Son père l'enroule tendrement dans une serviette épaisse. Romain se sent bien.

Plus tard en début de soirée, dans l'effervescence des préparatifs, il termine d'embrocher des petites boules de mozzarella avec des tomates cerises sur des mini-piques. Danielle lui a précisé : « la boule de mozza au milieu de deux tomates cerises et non l'inverse car il y a plus de tomates ». Romain n'a toujours pas compris l'intérêt de ce travail de fourmi plutôt que de mettre les tomates cerises dans un bol et les mozzarellas dans l'autre, avec des petites piques à côté ! mais c'est la tâche qui lui a été assignée, il l'exécute sans rechigner. De son poste, il observe les invités qui commencent à arriver. Danielle et Benoît ont convié leur bande d'amis du coin. Il en reconnaît plusieurs, qui viennent le saluer d'une bise sur la joue. Danielle et sa mère ont installé et branché une multitude de petites guirlandes lumineuses dans la maison et les lampes solaires du jardin se sont déclenchées à la nuit tombée. Le foie gras est déjà sorti, un air d'Abba a empli la pièce, « *Gimme gimme…* » et Benoît remplit une nouvelle coupe à ras bord dès qu'un invité arrive.

Seb et Eric sont là aussi, Romain ne les avait pas revus non plus depuis deux ans. Ils s'installent à une table de jardin, avec Fred et Olive ainsi que Camille qui est arrivée en début d'après-midi, et parlent de tout et de rien, en observant les invités. Vers vingt-trois heures, le volume de la musique augmente d'un coup et un groupe se met à danser. Romain aperçoit sa mère qui en fait partie. Il l'entend s'esclaffer mais ne reconnaît pas vraiment son rire, qui lui paraît un peu forcé, ou déformé. Elle a une coupe dans la main qui ne l'a pas quittée depuis le début de la soirée et qui lui a été constamment remplie.

10 – 9 – 8 – 7 – 6 – 5 – 4 – 3 – 2 – 1 – ZEROOOOOOOOOOOO, chacun donne tout ce qu'il a dans les poumons pour contribuer à la ferveur générale, un feu d'artifice éclate, probablement tiré du port, et semble s'émietter dans le jardin. Tous les corps s'emmêlent pour s'embrasser, Romain vacille un peu, appuyé sur ses béquilles et maintenu debout par ses attelles, mais les accolades des uns le portent d'un côté quand celles des autres le font basculer dans le sens opposé. Son père est venu le serrer dans ses bras dès le premier coup de minuit et à présent sa mère s'approche de lui également. Elle semble tanguer elle aussi et son haleine sent le champagne quand elle se hisse sur la pointe des pieds pour l'embrasser. Romain ne peut s'empêcher de lui demander si ça va. Une voix plus aiguë et surtout plus forte que d'habitude lui répond, que oui, ça va très bien, et chancelante, elle s'accroche soudain à son mari, resté de marbre à ses côtés, pour tenter de l'embrasser. Elle n'y parvient pas vraiment et s'effondre dans un fauteuil sur le côté. Romain regarde impuissant son père l'aider à se relever et l'entend lui dire qu'elle a trop bu et devrait aller se reposer, mais il voit sa mère le repousser et fendre la foule pour disparaître plus loin.

A quatre heures, il ne reste plus que quelques grappes d'adultes affalés dans les canapés. Ils ne parlent plus mais puisent un reste d'énergie pour se lever tels des automates mus par un ressort lorsque les premières notes d'un nouveau morceau remportent l'adhésion. Cela fait un moment qu'ils sont passés aux chansons françaises des années quatre-vingt. Un nouveau sursaut se déclenche avec *Trois nuits par semaine*.

Après la dixième partie de *Loup Garou* dans la salle de jeux, où les plus jeunes se sont rapatriés chassés par la fraîcheur de la nuit, le sommeil les gagne et ils décident d'aller se coucher. Romain aperçoit sa maman qui gît endormie dans un fauteuil de velours dans le coin de la pièce. Il ne sait pas où est son père.

20.

Pas de soirée de réveillon organisée cette année. Les Chastain leur ont proposé de les rejoindre à Bandol mais Nicolas trouvait ça trop loin. Elsa est déçue, elle espérait changer de paysage, retrouver leurs amis, voir de nouvelles têtes, pourquoi pas faire un tour dans les Calanques avec les enfants. D'autant qu'elle a appris que François y allait !

Ils passent donc les vacances dans la maison de famille en Bourgogne finalement délaissée par les autres membres du clan.

Ils entament une soirée Monopoly à laquelle les enfants ont fini par convaincre Nicolas de participer. Au moins, la partie devrait permettre de tirer le temps jusqu'à minuit. Une vingtaine de minutes avant que le carrosse ne se transforme en citrouille, ou plutôt qu'Elsa ne vire SDF ayant dû hypothéquer tous ses hôtels, Margot est parvenue à ruiner tout le monde. Elle compte et recompte avec fierté ses billets de couleurs, tandis que Léa l'accuse d'avoir triché en ne l'ayant pas spontanément payée lorsqu'elle est tombée sur ses terrains… Elsa les fait taire en leur annonçant que le compte à rebours va bientôt commencer, ils n'ont qu'à compter quinze fois soixante secondes et si possible à l'envers pour corser un peu l'exercice. Finalement, elle leur fait sauter quelques minutes car ils risqueraient de rater les douze coups. Nicolas tourne la molette du vieux transistor et attrape au vol la voix commerciale du présentateur « huit, sept, six, cinq, quatre, trois, deux, un, zérooooooooooooooooo ». Quelques pétards résonnent dans la campagne, les sifflements maigrelets expirant en une détonation sèche, et les enfants sautent en l'air en hurlant « booonne annéééée ». Ils n'ont beau être que cinq, cela suffit à créer un petit moment de bonne humeur confuse. Léa se jette sur sa maman pour la serrer, tandis que Margot s'agrippe à son bras en la déséquilibrant et qu'Eliot essaye de grimper sur son père. Au milieu de cette petite cohue, l'absence de baiser passionné entre Nicolas et Elsa passe inaperçue. Enfin, auprès des enfants. Elsa soupire.

Elle monte avec les enfants dans leur grande chambre sous les combles. Ils ont encore voulu dormir tous les trois dans la même pièce, bien que la place ne manque pas. Elsa regarde le ciel étoilé à travers le velux en attendant que chacun s'assoupisse dans son lit. En l'absence de toute autre lumière parasite, celui-ci est magnifique. Elle distingue la Grande Ourse et Cassiopée ; les deux seules qu'elle reconnaisse à vue d'œil.

Quand elle entre dans la chambre, Nicolas est en train d'envoyer des messages de bonne année sur son téléphone. Elsa, elle, a décidé de ne pas en écrire. Cela donne tellement l'impression de passer le nouvel an sans ami. D'autant que François ne lui a pas écrit pour l'instant. Il est probablement surveillé de près par sa femme qui a découvert l'existence d'une autre entrée dans la vie de son mari, ou bien profite pleinement de sa soirée entre amis. Elle éteint après avoir activé le mode « ne pas déranger » de son téléphone pour éviter les « ding » narquois de tous ceux qui s'amusent pendant cette soirée. A moins que ce ne soit le contraire ? pourquoi écrire caché derrière son écran de téléphone à d'autres qui ne sont pas là au lieu de danser, rire, embrasser ceux avec qui l'on est ! Cependant, elle se garde bien d'activer le mode avion. Au moins laisser penser qu'elle est bien éveillée mais trop occupée pour répondre. Elle se réveille à 3:47. Nicolas ronfle doucement. Elle tend le bras pour saisir son téléphone et fait un bilan ensommeillé des messages de bonne année. Un message de François de 2:39 lui souhaite une belle et douce année pleine d'amour. Avec qui, se demande-t-elle sarcastique. Elle est amère qu'il ne lui ait pas écrit plus tôt, dès minuit, et s'en veut de se sentir amère. Elle répond d'un message un peu sec. Au moins l'heure d'envoi atteste qu'elle vient de passer une folle soirée de nouvel an.

21.

La mère de Romain a mis plusieurs jours à se remettre du réveillon. Elle a été malade toute la journée du lendemain et a passé une bonne partie de la semaine au lit une fois rentrée.

En ce dimanche d'Epiphanie, elle se sentait probablement mieux car elle est partie tôt rendre visite à sa cousine.

Romain aperçoit à travers la baie vitrée son père qui pousse un fauteuil dans l'allée. Cette fois ce n'est pas lui le colis dans le caddie. Son père est allé chercher son propre père dans son EHPAD et le ramène pour la journée. Romain est content de le voir. Ils ont toujours été très proches l'un de l'autre et leur complicité s'est renforcée depuis son accident. Celui-ci a coïncidé avec le moment où son grand-père a eu de plus en plus de mal à marcher et s'est vu prescrire un fauteuil roulant. Il a cependant gardé tout son humour et ironisait le jour où ils se sont retrouvés côte à côte chacun dans leur siège.

Le déjeuner est animé, Grand Pa interroge ses petits-enfants sur leurs résultats scolaires mais aussi leurs loisirs. Camille se lance dans le récit de sa préparation à l'ascension du Mont blanc. Romain lui confie pudiquement son émotion d'être retourné à Cassis.

Au dessert, une odeur de gras sucré, légèrement écœurante mais qui stimule les papilles envahit la pièce quand le père de Romain ouvre le four. Romain dévore des yeux cette galette attendue depuis un an. C'est la première d'une longue série. Ensuite, les parts individuelles servies tous les jours à la cantine auront raison de leur gourmandise et les lasseront vite jusqu'à la prochaine année.

Le grand couteau de cuisine manié avec précision par leur père bute contre un obstacle au cœur de la chair dorée. Il repousse discrètement la fève dans une des parts et commence à servir. Tel un joueur de bento, Romain suit des yeux la part qui contient le trésor et qui, sous la main influente de son père, atterrit dans l'assiette de Grand Pa. Pourtant, leurs parents ont toujours été d'une impartialité totale lors de la distribution des parts. Celle-ci n'était auparavant guidée que par le prénom énoncé d'une voix claire par le plus jeune caché sous la table.

« Ça alors, je suis le roi » s'écrie Grand Pa avec une once de fierté dans la voix. Romain et son père le regardent attendris déposer sa couronne sur la tête de sa petite-fille.

22.

Ils sont rentrés avant-hier pour éviter les bouchons. Demain c'est la rentrée. La nuit est encore noire quand Elsa sort acheter du pain. Elle retrouve son quartier avec plaisir, chaque centimètre carré lui est familier. Les guirlandes de Noël illuminent toujours les rues mais l'effet magique a disparu. C'est comme si toutes ces petites lumières qui scintillent sur les arbres décharnés avaient perdu leur éclat, leur pouvoir, une fois les fêtes terminées.

Elle longe les platanes et remarque un homme engoncé dans une grosse parka beige et coiffé d'un bonnet de laine gris probablement fait maison, qui, juché sur son vélo cargo, suit le même trajet qu'elle. Il la dépasse, s'arrête à quelques mètres... et sort une scie... Les cellules de son cerveau se mettent à mouliner à dix mille à l'heure ; que va-t-il faire avec son arme ? est-ce qu'elle court un danger ? y a-t-il quelqu'un aux alentours qui lui portera secours ? C'est alors que l'homme s'agenouille près d'un sapin abandonné, entouré du peu d'aiguilles qui lui reste, et entreprend d'en couper prestement le pied. Il effectue cette opération avec une dextérité qu'elle ne lui aurait pas soupçonnée et lance son rondin dans son cargo. Il remonte sur son vélo et pédale jusqu'à l'endroit suivant qui, lui, est un emplacement officiel de dépôt de sapins institué par la mairie et délimité par quelques barrières. Elsa réalise amusée qu'il est en train de faire la tournée de la ville pour constituer sa réserve de bois pour l'hiver !

Le lendemain, dès qu'elle se lève en ce jour de rentrée, Elsa sent une atmosphère particulière. La ville est anormalement silencieuse même s'il est encore tôt et brille à travers chaque ouverture d'un éclat inhabituel. Elle se précipite à la fenêtre du palier les yeux écarquillés et ne peut s'empêcher de crier comme une gamine « il neige ! » Elle file secouer les enfants que son cri n'est pas parvenu à réveiller après deux semaines de grasses matinées. « Il neige ! il neige ! » Léa qui ne commence qu'à neuf heures aujourd'hui se redresse d'un bon, Eliot déboule dans la chambre suivi de Margot et ils descendent tous ensemble dans le jardin pour admirer le tapis immaculé. Le petit déjeuner se passe joyeusement, un air émerveillé dans les yeux de chacun. La magie de Noël qu'Elsa avait cru disparue est revenue aujourd'hui sous une autre forme ; ouatée. Elle reçoit un message du bureau leur demandant de ne pas s'y rendre vu l'état des routes. Elle en profite donc, après avoir déposé les enfants en *Moon Boots* à l'école, pour faire un tour à la Cabine à livres où elle n'est pas allée depuis un moment.

Elle fait une revue de toutes les nouveautés. Il semble qu'il y ait plusieurs livres neufs ; peut-être quelques cadeaux de Noël non appréciés, ou déjà lus. Et sur sa petite étagère favorite du bas, elle est attirée par un élégant recueil de poèmes amoureux dans lequel elle découvre un message griffonné au début « Rendez-vous mardi 8 janvier ma reine ». Un large sourire s'affiche sur son visage. François la connaît déjà tellement bien qu'il savait qu'elle ne commencerait pas la nouvelle année sans passer par leur cabine.

Mardi matin, au réveil, un message l'accueille sur son téléphone « Reine de mon cœur chérie, je passe te prendre ce soir pour notre dîner, tellement hâte de te serrer contre moi ». Elsa sourit de plaisir et décide de mettre sa nouvelle robe pour l'occasion, toujours avec sa petite veste en cuir usée.

« T'es belle maman ! » s'écrient les trois enfants de concert quand elle descend. Elle bafouille pendant le petit déjeuner qu'elle a un dîner de Noël avec le boulot ce soir qu'ils n'avaient pas réussi à caler en décembre (ça tombe bien, le vrai a eu lieu pendant qu'elle était en déplacement aux Etats-Unis).

Les jardins et parcs sont encore recouverts d'un épais manteau neigeux mais les routes ont été dégagées lui permettant de se rendre au bureau.

La journée très chargée lui semble interminable. L'après-midi est consacré à la présentation des nouveaux concepts d'innovation et à leur tri, certaines idées étant rejetées d'office sans qu'il leur ait été laissé beaucoup de chances. Damien, jeune premier de l'équipe *Dev Innovation - Soins du visage (Face caring)* leur présente un nouveau concept avec plusieurs bénéfices transversaux. Dès la deuxième diapositive, Natasha lève les yeux au ciel puis les rive à nouveau sur son téléphone. Damien légèrement décontenancé tente de recapter son attention tant bien que mal. Le « *gonogo* » - Elsa a dû expliquer aux enfants l'autre jour que non, ce n'était pas une race de primates - est à la clé de cette réunion et validera, ou non, des mois de travail acharné.

Après une nouvelle levée d'yeux au ciel, la phrase « ok, thanks, Damien, we'll come back to you »[1] assortie d'un sourire mielleux sonne le glas de la dernière chance pour Damien. Il rassemble ses affaires et son ordinateur et repart penaud.

---

[1] Merci Damien, on revient vers toi

Enfin dix-neuf heures. Elsa sort du bureau dans la nuit noire, emmitouflée dans son manteau et ses bottes fourrées, et saute dans les bras de François qui l'attend au bout de la rue. Il l'étreint en la faisant tourner sur place. « T'es belle ma chérie » lui chuchote-t-il à l'oreille. Décidément, deux fois dans la même journée songe-t-elle un sourire aux lèvres. Ils montent dans la voiture de François garée un peu plus loin et ce dernier l'emmène vers une destination inconnue. Ils arrivent sans encombre devant les grilles majestueuses du château de Versailles. A croire que la neige a dissuadé certaines personnes de sortir de chez elles. Une petite carte tendue au gardien par François leur en autorise l'accès. Ils pénètrent dans le jardin avec précaution. Les grandes eaux sont en marche, l'eau jaillit avec panache des fontaines et la symphonie numéro vingt-cinq de Mozart résonne dans l'air. François lui serre fort la main pour éviter qu'elle ne glisse sur la neige et ils déambulent au hasard des allées et des fontaines, profitant pleinement de la féérie du spectacle. Il l'entraîne ensuite sur un chemin qui bifurque sur le côté et que lui seul semble connaître. De minuscules lumignons tels des petites lucioles les guident à travers les bosquets. Ils débouchent finalement sur une immense pelouse blanche en contre-bas, parsemée de bulles transparentes géantes illuminées de l'intérieur. En s'avançant, Elsa se rend compte que chaque bulle enveloppe, tel un cocon, une table de deux couverts éclairée à la bougie. Quelques-unes sont déjà occupées, les autres encore vides. Un maître d'hôtel les accompagne jusqu'à leur bulle, salle privatisée de restaurant éphémère, qui s'ouvre avec une porte transparente intégrée dans la structure. A l'intérieur règne une douce chaleur.

François tire une chaise pour permettre à Elsa de s'asseoir et se place en face d'elle. Elle parcourt d'un regard circulaire l'extérieur. Elle a l'impression d'être dans un cocon qui flotterait dans l'air, entourée d'autres bulles, au milieu de coton blanc. L'effet merveilleux est renforcé par le fond neigeux. Elle porte à présent son regard sur François qui l'observe en silence. La mèche des bougies vacille à chaque mouvement projetant des alternances d'ombres et d'éclats sur son visage qui mettent en valeur ses yeux pétillants et son sourire doux. Elle lui prend la main tandis que de l'autre il remplit les coupes de champagne. Ils trinquent à la nouvelle année en ne se quittant pas des yeux.

François lui tend ensuite un petit paquet qu'elle ouvre avec émotion. C'est une magnifique chaîne très fine sur laquelle se balancent deux anneaux, un en or blanc et l'autre en or jaune. Au-delà de la valeur réelle de ce bijou, sa symbolique la touche énormément. François se lève pour venir accrocher délicatement le fermoir à l'arrière de son cou et elle en profite pour se lever et l'embrasser avec ferveur. A son tour, elle lui offre son cadeau : une édition originale datée de 1943 du *Petit Prince*, d'Antoine de Saint Exupéry, et lui en cite des extraits du renard qu'elle connaît par cœur « si tu m'apprivoises, nous aurons besoin l'un de l'autre. Tu seras pour moi unique au monde. Je serai pour toi unique au monde (…) tu deviens responsable pour toujours de ce que tu as apprivoisé. Tu es responsable de ta rose… »

François lui chuchote plein d'amour « Mon petit renard. Je t'ai apprivoisée et tu m'as apprivoisé également. Tu me rends vivant. Je ne me suis jamais senti aussi bien avec quelqu'un auparavant. Je t'aime. »

23.

Après ces deux semaines de coupure, Romain avait l'impression que cela faisait une éternité qu'il n'était pas allé au lycée. La reprise a été compliquée, il a eu du mal à refaire face aux six-cents lycéens après une si longue période en petit comité.

Dès le samedi suivant la rentrée, il reprend ses manettes et c'est parti pour *GTA 5*. C'est Christine, la sœur de sa mère, qui lui a envoyé ce nouveau jeu pour Noël. Ses parents ne voulaient pas mais il a fini par les convaincre. Des dizaines d'heures en perspective pour remplir les différentes missions et terminer l'aventure ; il en a facilement pour plusieurs mois ! Là il tâtonne encore un peu.

Il roule en *Monster Truck* et traverse la ville de Los Santos. Il est admiratif des dessins extrêmement réalistes et précis qui fourmillent de nombreux détails. Il passe devant le *Standard Hotel*, long bâtiment blanc de deux étages, puis le *Sunset Tower Hotel*, genre de tour tarabiscotée, entourée de palmiers. Il profite de son passage en ville pour faire un stop dans la chaîne de fast-food *Up-n-Atom Burger*, hésite devant la devanture du coiffeur, mais renonce, aucun intérêt, et une fois remonté dans son véhicule, fonce pour sortir de la ville. Cependant, telle une grosse ville américaine, celle-ci est interminable et il lui faut plus d'une heure pour en sortir et arriver dans la zone péri-urbaine puis la campagne. Il roule sur un sol rocheux gris parsemé de végétation clairsemée, sa voiture bascule dans un ravin et ricoche élastiquement contre les parois et les rochers. Après quelques loopings, il atterrit sur une nouvelle surface et repart de plus belle. La nuit est tombée, seulement éclairée par un quart de lune, un cri strident de femme résonne dans son casque, probablement le fantôme du Mont Gordo, le cri est déchirant, effrayant, il poursuit son voyage effréné… Tout à coup, il est attaqué par une bande de molosses en costards noirs, armes au poing. Il se défend en hurlant.

A son hurlement répond un autre, celui de sa mère qui ne supporte plus ses réactions bestiales aux jeux vidéo.

24.

On est déjà mi-janvier, Elsa a rendez-vous à huit heures quarante-cinq à la mairie pour les inscriptions en CP. Elle a déposé les enfants à l'ouverture de l'école à huit heures vingt et a filé à l'Hôtel de ville, les justificatifs de domicile, le livret de famille, les cartes d'identité, le code correspondant au rendez-vous réunis dans une pochette transparente. Elle attend sur un siège en plastique dans le vaste hall carrelé. Son numéro en lettres rouges s'affiche sur le tableau digital. E435, comptoir 6. Elle se lève d'un bond, entre et pose l'ensemble des papiers sur la table devant l'employée de mairie. Celle-ci lève la tête, le regard interrogateur : « et le carnet de santé ? » Elsa la supplie des yeux, elle ne peut pas imaginer reprendre rendez-vous, gérer encore une fois la préparation pour l'école en accéléré comme ce matin, revenir un autre jour. Son interlocutrice reprend soudain en baissant légèrement la voix pour que ses collègues ne l'entendent pas, « Non c'est bon, j'ai tout ce qu'il faut ». Elsa pousse un soupir de soulagement intérieur. Elle rassemble ses papiers, les remet dans la pochette et se presse vers la sortie. Sa première réunion débute à neuf heures trente.

Elle roule sur la partie droite de la chaussée et se prépare à tourner à gauche au carrefour. Elle jette un coup d'œil vers l'arrière pour s'assurer qu'elle peut couper deux files de voitures en diagonale, afin d'aller se positionner à l'extrême gauche, prête à traverser. Quelques voitures arrivent à l'arrière mais elle évalue avoir le temps. Elle tend son bras tout en essayant de ne pas perdre l'équilibre, recentre son regard et se concentre sur sa traversée, à l'aveugle, en priant pour que son calcul soit le bon. A chaque passage de carrefour, c'est le même scénario qui se reproduit. La légère angoisse qu'un fou déboule à pleine vitesse et la percute. Puis, le même petit soupir de soulagement une fois qu'elle a réussi à passer sans encombre.

Elle arrive à neuf heures vingt-cinq au parking à vélo. Elle sait que chaque minute est comptée pour être à l'heure. Une minute pour attacher sa chaîne et ranger son casque dans son panier, une minute pour échanger ses baskets contre des talons, une minute pour prendre son sac d'ordinateur et son sac à main, une minute pour courir à l'ascenseur et monter au rez-de chaussée, une minute pour changer d'ascenseur et attendre qu'il redescende du dix-huitième étage. Ça y est, c'est le début de sa réunion et l'ascenseur est bloqué au douzième à présent. Ding, les portes s'ouvrent enfin, Elsa s'engouffre à l'intérieur, sort sa trousse de toilette miniature, termine de se maquiller devant le miroir éclairé de spots intransigeants, un trait sous les yeux, un soupçon de poudre et du rouge à lèvres, ding, message de Natasha, « WE ARE WAITING FOR YOU. »[1]

Le soir, quand elle rentre, Nicolas est attablé face à Eliot l'air morne, le regard dans le vague. Léa n'est pas encore rentrée de son cours de patinage et Margot dort chez une copine comme on est mardi.

Elsa, les joues fraîches d'avoir pédalé dans l'air glacé hivernal, saisit le plat de gratin qui est au four et commence à raconter sa journée à Nicolas. Elle a déjeuné avec Olivier, un collègue croisé à la cantine du bureau, qui était juré la

[1] on t'attend

semaine dernière. Elle a passé l'heure du déjeuner à l'abreuver de questions les unes après les autres, sans lui laisser de répit. C'était passionnant ; elle a toujours rêvé d'être jurée. Quand elle raconte ça à ses copines, ces dernières la regardent interloquée. « Ah non, pas moi, c'est glauque ». C'est vrai, mais ce monde parallèle du tribunal l'attire. Eliot lui réclame quelque chose. Elle n'y prête pas attention, essaye de continuer son récit. Nicolas l'interrompt : « réponds-lui », se lève et monte. La phrase d'Elsa reste en suspens ; Nicolas ne s'est même pas rendu compte qu'elle n'avait pas terminé son histoire.

Léa arrive quelques minutes plus tard. Elle la sert en gratin.

- Il est où papa ?
- Là-haut.

25.

Ces derniers temps, son père a un peu relâché sa pression pour l'emmener à la piscine. Il a toujours autant de boulot et en plus, Romain a l'impression qu'il a la tête ailleurs. Ils n'ont pas nagé ensemble depuis le matin du réveillon. Son père l'a prévenu hier soir qu'ils iraient ce dimanche. Romain s'est donc forcé à arrêter les jeux plus tôt pour atténuer le supplice de se lever.

La poignée de la porte s'abaisse lentement et son père passe sa tête dans l'entrebâillement. C'est rare que Romain ait déjà les yeux ouverts quand son père arrive. Ce dernier semble étonné mais heureux, achève de pousser en grand la porte, ouvre les volets dont le revêtement de peinture commence à s'écailler légèrement et vient s'asseoir sur le lit.

- Prêt pour la piscine mon grand ?

Romain hoche la tête doucement, il ne veut pas le décourager complètement de lui proposer des activités à force de les refuser.

Une heure plus tard, ils entrent dans le bâtiment coiffé de son dôme.

Comme d'habitude, Safia salue Romain d'un grand sourire dès qu'elle l'aperçoit de derrière son comptoir. Elle les connaît bien maintenant et leur réserve toujours le meilleur accueil, à lui et à son père, d'autant qu'elle ne paraît pas insensible à ce dernier, a remarqué Romain.

Une fois changé dans la cabine à côté, c'est Safia qui le fait passer directement côté bassin avec un fauteuil fourni par la piscine en évitant l'obstacle du pédiluve. Ce bain de pieds, sans doute déjà moyennement propre, n'a pas besoin d'être souillé de ses roues sorties tout droit des trottoirs urbains. Il attend à côté des plongeoirs. Son père le rejoint et en passant fait un signe de tête à quelqu'un. Romain suit son regard et aperçoit une femme qu'il a déjà vue ici. Elle est assez grande, élancée, des cheveux entre blond foncé et roux qui lui tombent sur les épaules. Elle s'arrête au bord de la piscine à l'opposé pour mettre son bonnet et ses plaquettes ainsi que chausser ses palmes, et entre dans l'eau.

26.

Comme tous les dimanches matin, Elsa a déposé Léa à la patinoire et Eliot et Margot à leur cours de tennis ; elle a une petite heure devant elle pour nager. Elle sait que François y va régulièrement mais ne l'a jamais croisé.

Toujours cette impression d'entrer dans un sous-marin. Elle émerge des douches et jette un œil circulaire autour de la piscine. Et le voit, de l'autre côté du bassin. Aussitôt, elle sent son cœur s'emballer et ses mains trembler légèrement comme à chaque fois. Il la regarde et lui fait un signe de tête avec un sourire, qu'elle lui rend aussitôt. Elle n'ose pas aller le voir n'ayant pas d'existence officielle. Elle va s'asseoir sur le rebord pour enfiler son bonnet de bain, mettre ses palmes et ses plaquettes. Elle commence sur le ventre pour pouvoir revenir sur le dos et observer François. Il est en train d'aider son fils à se glisser dans l'eau. Elle aimerait qu'il la rejoigne et la serre dans ses bras. Elle se contente de continuer de nager ; le savoir près d'elle est déjà un plaisir rare mais doux.

Après plusieurs allers-retours, elle repose ses palmes et plaquettes sur le bord pour s'élancer sans matériel dans la ligne d'à côté. Elle sent des bras qui l'enlacent brusquement et reçoit un baiser auquel elle ne s'attendait pas. François repart aussitôt. Elle le suit quelques mètres derrière, un sourire flottant sur ses lèvres.

Un petit message chargé de cœurs accueille Elsa ce matin quand elle allume son téléphone « bonne Saint Valentin ma chérie ». Elle sourit en se demandant depuis combien de temps elle n'en avait pas reçu et lui envoie plusieurs émoticônes de bouche pulpeuse.

- Mamaaan, où t'as mis mon bulletin ? Il faut que je le rende, la maîtresse l'a réclamé.

Retour express à la réalité, Elsa descend et soulève les différentes piles de papiers qui jonchent le meuble d'entrée, à la recherche du livret de notes de Margot. Elle l'a photocopié au bureau il y a quelques jours déjà, mais a oublié de le remettre dans son cartable. Où a-t-il bien pu passer ? En cherchant, elle tombe sur un post-it rose collé entre deux pages de prospectus présentant un stage de yoga à la montagne. « Justificatifs de domicile, livret de famille, carnet de santé ». Ah oui, il fallait bien le carnet de santé pour l'inscription en CP, se dit-elle en froissant le post-it pour le jeter. Quelque chose lui dit qu'elle retrouvera le bulletin de notes de la même manière dans quelque temps.

- Margot, je n'ai pas retrouvé ton bulletin de notes mais il n'est pas perdu, je vais écrire un mot à ta maîtresse pour lui dire que je le trouverai très bientôt.
- Je vais me faire gronder, c'était obligatoire de le rapporter tout de suite
- Mais non, tu ne vas pas te faire gronder puisque je te mets un mot !!
- Maman, hein que c'est pas vrai qu'on ne va pas au ski !?
- Si c'est vrai, vous l'avez cherché, je vous avais prévenus que si vous n'obéissiez pas plus, on ne partirait pas, tant pis pour vous !

Elsa se demande pourquoi elle a annoncé ça en novembre, elle ne se rappelle plus vraiment la raison, elle suppose qu'elle devait être à bout de nerfs, mais elle réalise à présent qu'elle s'est punie elle-même.

Les enfants vont partir chez ses beaux-parents en Bourgogne la première semaine puis chez les siens avec sa sœur et ses enfants à Arcachon la deuxième. Elle serait bien allée skier. Elle regrette un peu à présent, les vacances à la montagne vont lui manquer, mais de toutes les manières, Nicolas ne veut pas partir au ski. Par ailleurs, les vacances sont tellement proches de celles de Noël comme ils sont en première zone cette année qu'elle se convainc que ce n'est pas trop grave.

- Nicolas, tu te rappelles que j'ai la soirée Natura ce soir ? je ferai dîner les enfants et partirai ensuite.
- Oh noon Maman, tu n'es pas là ce soir ?
- Mais si mes chéris, je serai là presque jusqu'à ce que vous soyez couchés.

Tout le monde est enfin prêt à partir à l'école. Nicolas a filé après avoir embrassé chacun des enfants.

Au bureau, c'est l'effervescence, chacun ne parle que de la soirée, qui est toujours attendue avec impatience. Elle a lieu tous les deux ans le jour de la Saint Valentin. Seuls les stagiaires - et il y en a un paquet - ne sont pas invités et se sont regroupés d'un air mutin, leur union renforcée par ce traitement injuste et commun.

A dix-sept heures, exceptionnellement, les Brand managers « Dev » partent en grappes, probablement pour se retrouver dans le studio de l'un ou l'une d'entre eux et se préparer tous ensemble. Ce soir, tout est permis, même les tenues les plus extravagantes. La journée n'a pas été très productive, mais ce laisser-aller ou lâcher prise pour reprendre une expression à la mode fait plaisir à voir ; il est tellement rare.

Natasha sort de son bureau et apparaît dans l'*open space* vers dix-huit heures. Telle une princesse descendant de sa tour d'ivoire, elle s'étonne de ne trouver quasiment plus personne. Elle prend un petit air pincé pour déclarer « pour une fois, je vais partir aussi, je veux absolument être assez tôt là-bas pour rencontrer Tom. »

La fête bat déjà largement son plein lorsqu'Elsa arrive après avoir fait dîner les enfants. Elle entre dans un univers magique de strass et paillettes, de cœurs dorés géants qui flottent dans l'air, de bulles argentées qui s'élèvent féériques. Une foule hétéroclite se presse en désordre autour des animations. Cette soirée rassemble des populations diverses : les cadres de toutes les filiales du Groupe Natura, relativement classiques, les créatifs des agences de publicité, souvent un peu déjantés, et les égéries et mannequins, que l'on repère de loin, tout d'abord à la taille de leurs jambes qui s'étirent à l'infini, mais aussi à leur beauté plastique pour certains, ou leur extravagance pour d'autres. Un serveur se dirige vers Elsa avec des cocktails déjà prêts.

Sex on the beach, une soupe de champagne aux framboises et au curaçao, *Valentine's cocktail*, vodka, jus de fraises et litchi, *Pink paradise*, tequila avec myrtilles, basilic, limonade et citron vert, *Fizzy passion*, gin, fruit de la passion, piment thaïlandais et Perrier, ou *Green love* au rhum, gingembre, concombre et citron vert. Ambiance été au cœur de l'hiver. Elsa tend le bras vers ce dernier dont les notes acidulées l'attirent.

Le reste de l'équipe l'accueille, « A ta santé Elsa » lance Aymeric, les verres s'entrechoquent dans un tintement qui sonne le début d'une soirée torride. La première gorgée lui brûle délicieusement l'estomac vide et elle regarde machinalement autour d'elle si des amuse-bouche se présentent. Elle voit surtout des serveurs chargés de plateaux emplis de coupes de champagne ou de cocktails aux mille couleurs.

Elle rejoint le groupe *Body care* dont les corps ondulent au rythme lancinant de Makeba. Natasha les retrouve sur la piste, titubant légèrement, et d'une voix suraiguë s'exclame « fêtons nos excellents résultats dignement, cocaïne et vodka ! » Elle semble de bonne humeur ayant réussi à alpaguer Tom dès son arrivée, comme Grégoire l'a déjà glissé ironiquement à Elsa.

Celle-ci aperçoit enfin un serveur avec quelques mini-hamburgers en voie de disparition sur un plateau et en attrape deux d'un coup. C'est plus prudent si elle ne veut pas terminer comme Natasha. Aymeric arrive avec deux cocktails orange vif dans la main et lui en tend un.

Elle ne se souvient pas distinctement de la soirée, seulement de vagues et d'ondulations, de lumières stroboscopiques, de rythmes envoûtants, d'effluves enivrantes, d'extravagance, décadence et déliquescence.

Le lendemain, sa tête est si lourde qu'elle ne parvient pas à la soulever de son oreiller. Elle essaye encore une fois mais c'est comme si un sac de ciment lui plaquait la joue à l'horizontale. Des coups de marteau tapent à l'intérieur de sa tête contre son front et elle est incapable de soulever ses paupières. Elle essaye encore une fois mais elles restent collées. Elle a honte, entend les voix des enfants qui se préparent pour l'école en bas.

- Ça va maman ? lui chuchote une petite voix dans l'oreille.
- Margot, dépêche-toi ! tu vas être en retard ! mugit la voix de Nicolas qui s'énerve au rez de chaussée.

Margot lui fait un bisou sur la joue, rejointe rapidement par son frère

- Tu es malade maman ?
- Non mes chéris, ne vous inquiétez pas, ça va aller, articule-t-elle avec difficulté, toujours sans bouger d'un centimètre.

Elle entend la porte claquer et la maison si vivante quelques instants auparavant s'endort pour la journée. Elle reste plusieurs heures dans cette position avant de parvenir à se redresser avec une migraine qui lui enserre la tête comme un étau et à se traîner lamentablement jusqu'à la cuisine où un reste de pain de mie la ramène à la vie.

27.

Les lames crissent sur la neige avec rythme, d'un côté puis de l'autre. Chaque virage lui donne un petit haut le cœur qui lui rappelle les montagnes russes. Des cristaux glacés giclent sur son visage, fouettant ses joues et piquant ses yeux tels des aiguillons acérés. Il n'a pas mis de lunettes pour le plaisir d'être ébloui.

L'année dernière, il était tombé sur Jean-Michel, comme l'indiquait l'insigne épinglée sur son blouson rouge ; « John Mickael » lui avait dit ce dernier avec un mélange de fierté et d'ironie en lui tendant la main. Roux, avec des favoris qui dépassaient de sa toque en velours beige, substitut de casque, il avait une tête sympathique, un petit air d'Elton John. Mais Romain lui avait à peine adressé la parole de la semaine. Il marmonnait des réponses monosyllabiques à travers des lèvres serrées et n'arrivait pas à profiter de la joie de revenir au ski, sport qu'il avait pourtant toujours adoré. Oui mais sur son surf, avec sa mèche en bataille qui dépassait de son bonnet, son baggy kaki et son blouson ajusté rouge. Il aimait tellement dévaler toutes ces pentes, surtout en dehors des pistes, et se tirer la bourre avec Seb et Oliv. C'était toujours au premier qui imprimerait ses traces dans un molleton vierge, ondulant gracieusement les hanches d'avant en arrière, avec de temps en temps une figure un peu audacieuse pour épater les autres.

Nouveau virage, ils passent soudainement sous des sapins. La neige vierge est épaisse et les skis pénètrent à l'intérieur comme dans un gros édredon de plumes. Ils serpentent entre des troncs, avec un léger sursaut de temps en temps lorsque les skis escaladent une racine saillante. Être au ras du sol a au moins deux avantages : ça donne une sensation de vitesse accrue et Romain peut voir distinctement les traces d'animaux qui serpentent le long des arbres. Lièvre ? Renard ? il n'y connaît rien et ils vont trop vite pour qu'il puisse regarder en détail. A nouveau une ligne droite, toujours sous les sapins. Il bascule la tête vers l'arrière, l'appuyant sur le dossier, et observe le sommet des sapins défiler. Ceux-ci s'élèvent fiers et leurs branches alourdies par une épaisse couche de neige forment un toit à certains endroits en s'entrelaçant. Quelques tâches de soleil parviennent à passer et à éclairer le sous-bois. Romain se sent bizarrement bien. Comme il ne s'est pas senti depuis longtemps.

Le rythme de la descente ralentit légèrement. Il détache son regard de la canopée pour le basculer en arrière, la tête toujours appuyée contre le siège. Et croise le regard de Marion qui n'est plus fixé sur la piste mais sur lui. Il lui sourit. Elle lui sourit également. Elle rit. C'est à ce moment qu'ils débouchent en plein soleil dans un genre de plaine. Ils ont parcouru pas mal de chemins, connus d'elle uniquement ou de quelques initiés de la région, nés sur les pistes. Plus un seul bruit autour d'eux, la rumeur des vacanciers et de leurs frottements de skis s'est éteinte. Elle freine brusquement dans un dérapage sec. L'attelage qu'elle pousse devant elle, dans lequel Romain est assis, s'arrête d'un coup en vacillant. « C'est l'heure du goûter ! J'ai apporté du pain tartiné au miel des ruches de mon grand-père ! » Romain aperçoit à l'arrière d'un talus de neige un petit abri d'alpage, qui doit servir aux bergers l'été. On pourrait le croire abandonné mais sa construction solide, en pierres et en bois, lui donne un air invincible. Un banc raide en pin foncé qui s'appuie sur toute la longueur de l'abri aux mêmes couleurs, invite au repos.

Marion déchausse prestement, retire son casque laissant s'échapper des cheveux blonds légèrement emmêlés et se penche vers Romain afin que ce dernier lui entoure les épaules de son bras pour tenter de se hisser. Romain attrape une de ses béquilles pour avoir un appui du côté gauche, et se suspend à Marion de l'autre. Maladroitement, surprise par son poids, elle bascule et les entraîne tous les deux dans la neige molle qui borde l'abri. Pendant que Romain s'étale à plat ventre la figure dans la neige et sent un liquide glacé s'infiltrer à travers les mailles de grosse laine de son écharpe, il entend un cri d'inquiétude et voit Marion guetter son état et peut-être sa réaction. Romain hésite un dixième de secondes entre l'énervement d'être tombé de manière aussi ridicule et l'envie - c'est nouveau - de rire, d'être insouciant, d'être enfin heureux. Il éclate finalement de rire, attrape une grosse poignée de flocons et lui jette dans le cou. Des gouttelettes éclaboussent les joues roses de Marion et certaines restent accrochées à ses cils. Un large sourire découvrant ses dents et faisant plisser ses fossettes éclaire son visage rassuré. Elle enlève sa moufle molletonnée et lui tend une main ferme. Bien lui en a pris de mettre ses attelles ce matin après avoir hésité ; il n'en avait a priori pas besoin vu qu'il passait de son fauteuil à la coque de ski assis. Appuyés l'un contre l'autre ils se frayent un chemin dans la poudreuse jusqu'au banc ensoleillé et se laissent tomber dessus. Adossé contre le bois de la maisonnette, il garde sa main dans la sienne et la serre doucement. Il a envie que ce moment ne s'arrête jamais. Sentir sa main dans la sienne. C'est un geste qu'il avait banni. Qui lui semblait interdit. Il avait sans doute un air absent quand il a fini par se rendre compte que Marion l'observait de ses grands yeux rieurs et tendres.

- Demain, on change de monture. C'est toi qui vas skier, et plus moi qui vais te pousser dans un traîneau !

Romain se renfrogne.

- Tu sais bien que je ne peux pas.
- Si, je vais t'apprendre.

De retour à l'école de ski, elle raye son inscription « tandem-ski » et la change en « uniski ».

Chaque jour qui suivra, Romain remerciera son père qui l'a traîné à la piscine et son kiné qui lui a seriné à chaque séance malgré son air buté à quel point il était important qu'il travaille ses abdos, ceux qui restaient, et muscle ses bras. A eux seuls, ils devaient compenser l'absence de ses jambes.

Le premier jour d'uniski, Romain a l'impression de glisser sans maîtrise sur une patinoire géante penchée. Un air de Bambi sur la glace. Petit à petit, en contractant ses abdos au maximum et en s'agrippant à ses « stabilos », bâtons montés sur des miniskis, les muscles des bras ultra tendus, il parvient à balancer son corps d'un côté, puis, d'une contraction totale du haut de son corps, de l'autre côté. Ses gestes sont brusques, maladroits. Ses skis raclent la neige avec un son de vieux essuis glace rouillés. Puis ses mouvements deviennent plus souples au fil de la séance. Il prend de l'assurance, et surtout du plaisir. Il retrouve petit à petit les sensations grisantes qu'il éprouvait il y a quelques années quand il dévalait la montagne en snowboard.

Aujourd'hui, il est insatiable, il veut en permanence tenter de nouvelles pistes, plus techniques, plus pentues.

28.

Orlando Furioso de Vivaldi résonne dans la maison. Elsa a poussé le volume pour s'imprégner de chaque note en dégustant son café. Elle réalise qu'elle a le regard dans le vague depuis plusieurs minutes déjà. Les petits déjeuners sont très calmes. Les enfants sont partis en vacances et Nicolas quitte la maison de plus en plus tôt le matin. François lui manque d'autant plus que la frénésie habituelle s'est apaisée d'un seul coup. Elle a très envie de lui parler mais impossible de lui téléphoner maintenant ; il est en vacances, avec sa famille. Elle prend l'écharpe qu'elle lui a empruntée l'autre jour et enfouit son visage dedans pour respirer les restants de son odeur.

Ce soir, Elsa profite des vacances de ses enfants pour retourner à son cours de yoga où elle n'a pas été depuis plusieurs mois. Mais comme si une force intérieure lui interdisait d'être à l'heure, elle part à la dernière minute du bureau et arrive avec quelques minutes de retard, essoufflée d'avoir pédalé à fond. Elle retrouve avec plaisir les effluves d'encens qui flottent dans l'air lorsqu'elle arrive dans le centre. Peter, l'immuable professeur, l'accueille d'un sourire et d'un « bonsoir Elsa » d'une voix douce.

Elle se glisse discrètement sur une natte déjà installée, et s'allonge sur le dos en posture Savasana de relaxation, « les bras le long du corps, les paumes vers le ciel ». Celle-ci est la bienvenue le temps que son rythme cardiaque ralentisse et que les battements de son cœur, qui doivent déranger les autres corps allongés tant ils résonnent forts, s'atténuent.

- Vous sentez chaque partie de votre corps se relâcher, et tranquillement, vous vous concentrez sur votre respiration, vous inspirez profondément par le nez, et vous expirez prooofondément par le nez. Le seul objectif, rester concentré sur sa respiration tout au long de la séance, cela va permettre de vivre pleinement ce moment, pleinement cette séance de yoga… si vous sentez vos pensées partir ailleurs, sur d'autres sujets, vous ramenez tranquillement le focus sur la respiration, vous ramenez vos pensées avec bienveillance… on reste concentré sur la respiration… on a le dos relâché, les bras relâchés, les jambes relâchées…

…

On amène le pied droit à l'arrière, puis le gauche et on étire les jambes tendues vers l'arrière, en chien tête en bas, les pieds ancrés dans le sol, et les hanches pointées vers le ciel.

…

On va venir à présent dans la posture de l'enfant… à chaque expiration on relâche le dos… on relâche la tête… cette posture de repos est très importante…

Que fait François en ce moment ? est-il en train de boire un vin chaud au retour du ski ? avec sa femme ? se parlent-ils ? est-ce qu'il pense à elle ? Zut elle se rappelle qu'elle a encore oublié de payer la cantine…. Et de répondre à l'équipe Brésil….

- Peut-être que dans cette posture douce, vos pensées partent ailleurs, dans ce cas, vous en ramenez le flot sur votre respiration, toujours avec bienveillance… Et on se recentre. A chaque expiration on essaye de relâcher tout son corps.

Tiens comment a-t-il deviné ? Elsa essaye avec peine de se recentrer sur sa respiration.

De retour à la maison, elle vide la boîte aux lettres qui n'a de lettres que le nom vu qu'elle ne contient que des prospectus de chaînes de supermarchés et quelques factures. Une seule enveloppe manuscrite, mais c'est une erreur, adressée à la voisine, et enfin un dépliant dont le titre et la photo d'une main qui caresse la tête d'un chien à longs poils blancs attire son attention « MASSAGE - OSTEOPATHIE » puis son sourire narquois en lisant la deuxième ligne … « CANINE ». Elle approche le papier cartonné pour étudier la suite : « check up complet : analyse palpatoire, locomotrice, compte rendu digitalisé. Offrez-lui un vrai moment de détente. Une heure de massages doux, réduction du stress et des tensions musculaires, augmentation de la mobilité et de la circulation sanguine ». Ça donnerait presque envie d'être un chien…

Enfin le dernier jour de la semaine. Une odeur de brûlé envahit la cuisine. Elsa s'est empressée de mettre le curseur du grille-pain sur 7, le maximum, dès que Nicolas a tiré la porte derrière lui. Elle libère la tartine à moitié carbonisée des griffes brûlantes et racle la partie charbonneuse. Elle conserve un grand bout grillé à souhait comme elle les aime, et allume la radio. Ding, un message WhatsApp de Natasha à l'attention de ses N-1 « are you ready for the war room on Monday ?», ding, un SMS cette fois, « consultez votre compte CPF, convertissez vos heures en formation avant ce soir pour éviter de les perdre », celui-là elle le reçoit deux à trois fois par mois… Elle jette un œil aux derniers posts Instagram, une photo de soirée Natura au Brésil à laquelle Fabrice de l'équipe APC (*All Purpose Cream*) a participé. « *So proud of our best-in-class execution of the Natu-Rave concept #lovemyjob* »[1]. Elle zappe ensuite sur LinkedIn.

« *Today I reach my 30-anniversary working at Natura. It's been a rich and intense journey of various assignments in different geographies, businesses, and roles. I had the privilege to lead fantastic diverse teams that were a constant source of motivation to me.*

I've been part of incredible executive teams.

I've been fortunate to have line management that has been a source of inspiration for me. Role models that have supported, empowered, and challenged me to be the best professional and the best leader I could be.

I've had the opportunity to be accompanied by mentors & coaches who helped me to better leverage my natural strengths while working on my own development areas.

All this in a company like Natura that enabled my personal and professional GROWTH with different assignments, challenges, and opportunities to constantly be out of my comfort zone. A corporation with clear values and a PURPOSE that I embrace, and that motivates me to do my best to make the difference and to be a Force for Good!

After these 30 years I feel blessed and energized, and I just wanted to take this anniversary to deeply THANK ALL OF YOU who have been part of this journey so far.

Let's continue !

#thankyou #letscontinue #lovemyjob »[2]

---

[1] Tellement fier de notre exécution parfaite du concept Natu-rave #jebossesoirsetweekendsmaisjemontrequejekiffe

[2] Aujourd'hui j'ai atteint mon 30ème anniversaire de vie professionnelle chez Natura. Cela a été un parcours riche et intense constitué de plusieurs fonctions, dans différents business, rôles et géographies. J'ai eu le privilège de diriger différentes équipes fantastiques qui ont constitué une source constante de motivation pour moi. J'ai fait partie d'équipes dirigeantes incroyables. J'ai eu la chance

Déjà 498 likes et 79 commentaires au moment où elle regarde ce post. Outre le nombre record d'admirateurs (hypocrites ?) qu'il rassemble, il réussit la prouesse de contenir tous les mots clés incontournables du monde de l'entreprise.

Elle repose son téléphone plus loin sur la table, légèrement écœurée et désabusée par ce condensé de vanité, et pousse le volume de Chérie FM. Les frottements des violons samplés au synthé s'élèvent bientôt de plus en plus forts, rejoints par la batterie et la voix cassée de Stephan Eicher.

Elle prend son café en riant
Elle me regarde à peine
Plus rien ne la surprend sur la nature humaine
C'est pourquoi elle voudrait enfin si je le permets
Déjeuner en paix
Oui déjeuner en paix
Déjeuner en paix

---

d'avoir des managers qui ont été des sources d'inspiration pour moi. Des modèles qui m'ont soutenu, stimulé, et mis au défi d'être le meilleur professionnel et le meilleur leader possible.
J'ai eu l'opportunité d'être accompagné de mentors et de coaches qui m'ont aidé à mieux exploiter mes forces tout en travaillant mes domaines de développement.
Tout cela dans une entreprise comme Natura qui a contribué à mon développement personnel et professionnel avec différentes missions, défis, et opportunités d'être en permanence en dehors de ma zone de confort.
Une société avec des valeurs claires et une mission que je soutiens et qui me pousse à faire de mon mieux pour faire la différence et être une Force au service de Dieu heu du bien !
Après ces 30 années, je me sens privilégié et énergisé, et je voulais juste prendre le prétexte de cet anniversaire pour vous remercier tous, vous qui avez fait partie de mon parcours jusqu'à présent.
Continuons ! #merci #continuons #jadoremonboulot

29.

Ce matin, une luminosité inhabituelle éclaire ses paupières encore fermées. Romain entrouvre un œil et est ébloui par la clarté blanche qui éclate à travers les rideaux à carreaux orange et marron. Il tend le bras pour les écarter. Tout est blanc. Le balcon est recouvert d'une épaisse couche de neige et les montagnes, hier encore parsemées de tâches brunâtres, sont redevenues vierges. Il se redresse d'un bond. Il ne veut pas perdre une minute.

Sitôt son petit déjeuner avalé, il doit retrouver Marion devant l'école de ski. Il laisse son fauteuil dans l'entrée du chalet et chausse ses skis ; enfin façon de parler. Assis dans sa coque, il glisse sur le tapis blanc qui recouvre les rues du village en poussant fort sur ses bâtons. Marion arrive de chez elle, aussi à ski, récupère dans l'école des balises ARVA [1] hermétiquement rangées dans des pochettes plastiques dont ils passent chacun la bandoulière sous leur blouson.

- C'est parti, hors-piste aujourd'hui !

Encore une sensation nouvelle. Assis dans sa coque, Romain a l'impression que tout le bas de son corps pénètre dans l'épaisse couche neigeuse. Il exulte. Il a l'impression d'être en surf dans les gerbes de poudreuse.

---

[1] Appareil de Recherche de Victime d'Avalanche

Ce jeudi soir, il déclare à table qu'il veut prolonger le séjour et rester la deuxième semaine des vacances. Il perçoit une lutte dans le regard de sa mère, partagée entre l'inquiétude de le laisser une semaine seul, et le soulagement de voir qu'une activité lui plaît enfin et l'a fait sortir de la léthargie dans laquelle il s'enfonçait depuis des mois.

Une fois la table débarrassée, Camille s'allonge sur le lit du haut avec ses écouteurs, et Romain sur celui du bas, prêt à mettre les siens également. Il tend l'oreille en entendant ses parents échanger à voix basse.

- Tu es sûr que tu ne peux pas rester là avec lui ? tu pourrais bosser à distance ?
- Non, impossible, je suis en déplacement toute la semaine, je dois faire les contrôles des sites avant l'audit. Mais reste, toi, si tu veux.
- Ben voyons. Je te rappelle que j'ai ma formation à laquelle je suis inscrite depuis septembre. Si je ne la fais pas, je ne réussirai pas à passer cadre. Tu es vraiment tellement égoïste.
- Pardon ?
- C'est toujours ton job d'abord, j'ai l'impression que tu n'es pas avec nous pendant ces vacances.
- Tu peux parler. J'ai l'impression de vivre avec un glaçon. Je ne peux même pas t'approcher. Il n'y en a plus que pour ton fils. Depuis des années, tu as oublié que tu étais une femme et pas seulement une mère.

Romain monte le son de ses écouteurs et pense à la semaine à venir. Il le baisse à nouveau quand il entend sa mère appeler sa sœur qui leur a prêté l'appartement. Il croise les doigts. Il a besoin de cette semaine supplémentaire. De ski, de dépassement, de Marion. C'est oui ! Sa maman rassure Christine sur le fait qu'il reste seul.

- Il est de plus en plus autonome… et il semble tellement heureux. Enfin…

Romain ferme les yeux et les poings très fort et pousse un cri de victoire intérieur.

Le lendemain Marion lui annonce :

- Demain, c'est le week-end ! si ça te dit, on va monter au chalet d'alpage de mon grand-père. Prends un sac à dos avec des vêtements chauds, je m'occupe du reste.

Le soir, il met dans son sac à dos des affaires de rechange, des barres de céréales, et ses attelles bien sûr. Il hésite à emporter une lampe de poche qui traîne dans l'entrée, mais ne s'encombre pas, il pourra utiliser son téléphone. Il ne sait pas trop quoi prendre. Marion ne lui a pas donné beaucoup de détails à part que c'est son arrière-grand-père qui a construit ce chalet de ses mains au début du siècle dernier et qu'il y vivait avec sa femme six mois de l'année au printemps et en été pour faire paître leurs vaches.

Romain se lève en même temps que ses parents qui finissent leurs préparatifs de départ. Il entend son père s'impatienter tandis que sa mère lui donne ses dernières recommandations.

Il enfile son pull marin aux mailles serrées, son blouson orange. Le reflet du miroir de l'ascenseur lui renvoie l'image d'un garçon grandi. Il a bronzé, ce qui fait ressortir ses yeux verts, qui brillent à nouveau de l'éclat qu'ils avaient perdu. Il y a encore assez de neige dans les rues pour qu'il puisse retrouver Marion à ski, en poussant sur ses bâtons. Elle l'a prévenu. Ils vont prendre une enfilade de remontées mécaniques.

Un premier télésiège, qui s'enchaîne sur un deuxième, puis un troisième. Il a l'impression de partir en voyage, dans une contrée inconnue. Un sourire reste collé à ses lèvres, il est excité comme un enfant qui prendrait l'avion pour la première fois. Il n'ose pas confier son émotion à Marion de peur qu'elle ne se moque de lui, mais il se demande si elle ne partage pas la même sensation. Elle est rayonnante. Ses boucles blondes, toujours en bataille, volètent autour de son visage. Quand il peine à avancer avec ses bâtons pour passer d'un télésiège à l'autre, elle lui tend la main et l'entraîne derrière elle.

Arrivés au point culminant, ils passent sur l'autre versant et font une grande traversée hors-piste. Il crie à pleins poumons. Ils sont seuls sur ce versant et la vitesse le grise complètement. Chacun fait sa trace dans la poudreuse de deux jours qui est restée souple. Il a l'impression que Marion skie à vingt centimètres du sol sans le toucher. On croirait qu'elle navigue avec un foil. Après plusieurs traversées d'affilée, ils s'écroulent dans la neige pour reprendre leur souffle et rigolent.

- On y est presque, tu vois le chemin là-bas, qui part sous les sapins, on va le prendre et on sera quasiment arrivé.

Il la suit et découvre en émergeant du sous-bois un chalet isolé. Seule sa fondation est en pierres irrégulières, qui donnent l'impression d'avoir été entassées de façon anarchique. Mais solide. Le reste est entièrement en bois, bâti de rondins enchevêtrés les uns dans les autres comme le chalet suisse miniature qu'il construisait dans sa chambre quand il était petit. Le bois a foncé avec l'âge virant quasiment au noir par endroit. Des fenêtres relativement petites aux volets fermés agrémentent chaque façade. Les seuls éléments qui détonnent, plus récents, sont de l'autre côté : une grande baie vitrée et trois panneaux solaires installés sur la pente du toit versant sud.

Marion se fraye un chemin à travers les monceaux de neige pour atteindre la porte, donne quelques coups de pelle pour déblayer l'entrée, tourne la clé dans la serrure, et s'appuie de tout son poids pour l'ouvrir. Celle-ci cède dans un grincement après quelques poussées répétées. Toujours dans sa coque, Romain s'approche le plus possible en poussant sur ses stabilos et une fois l'entrée atteinte, entreprend de retirer ses chaussures de ski, de mettre ses attelles et de se redresser avec ses béquilles. Il tente de distinguer l'intérieur plongé dans le noir. Marion se glisse dans la pièce et ouvre tous les volets en grand, faisant pénétrer des tâches de lumière sur le plancher. Romain ressent en entrant à son tour la fraîcheur d'une maison non chauffée mais bien isolée. Pas d'humidité qui vous glace. L'intérieur est très simple, entièrement en bois : murs, plancher, poutres du plafond, échelle qui mène au grenier, table, chaises. Une cheminée trône au milieu du mur, entouré de deux petits fauteuils en rotin, agrémentés de coussins moelleux aux couleurs délavées. Les taies doivent dater d'un siècle vu les bords en dentelles et les broderies.

Marion s'active, ressort chercher des bûches sur le côté du chalet et entreprend de préparer un feu. Elle saisit un vieux journal de la pile à côté et Romain tend le cou pour voir le titre. Assez récent finalement. Il doit y avoir souvent du passage. Il la regarde faire, un peu gauche, ne sachant comment l'aider. Il sent qu'elle connaît le chalet dans ses moindres recoins et que chaque geste est compté et utile. Elle déballe ensuite son sac à dos profond : saucisson, fromage, beurre, grand pain de campagne, housse de couette ; contemporaine celle-là. En coton blanc avec des cœurs gris souris. Elle se dirige vers les placards en bois pour en faire l'inventaire. Tout y est : pâtes, conserves de légumes, sardines, pâtés, soupes, salades de fruits en boîte. De quoi tenir un siège.

- Tu dois avoir faim ! ça te dit qu'on mange dehors au soleil ? pour l'instant il fait plus chaud à l'extérieur qu'à l'intérieur. Mais tu verras, cette cheminée est super efficace et le chalet chauffe très vite avec les panneaux solaires en complément. On a même de l'eau chaude !
- Tu viens souvent ?

- Dès que je peux. Avec mes parents, parfois ma cousine, ou même seule. J'adore venir ici. C'est tellement paisible, loin de tout.

Les bras encombrés de tous les mets qu'elle vient de sortir, elle se dirige dehors où une table en bois et des bancs les attendent en plein soleil. A l'aide de ses béquilles, Romain la suit avec deux bouteilles de bière qu'il a glissées dans son sac avant de partir et à présent dans sa besace en bandoulière.

- Ah trop cool, bonne idée !

Ils passent l'après-midi affalés dans des chaises longues à observer la montagne se transformer au fil du trajet du soleil, à parler un peu, à rire pour rien, à se regarder de brefs coups d'œil. Il a envie d'elle. Il n'a pas ressenti ça depuis son accident. Il pensait qu'il avait perdu tout désir. Il se sentait tellement minable. Mais il ne dit rien bien sûr.

Une fois le dernier rayon de soleil disparu derrière la montagne, le paysage s'assombrit et l'air se fait plus frais. Romain frissonne. Marion lui tend le bras et le soutient pour rentrer dans le chalet. Une bonne odeur de feu de bois les accueille tandis que la bûche finit de se consumer. Romain en rajoute deux et actionne le vieux soufflet de cuir suspendu à la pierre pour raviver les flammes.

Il extirpe du dessous de la table basse un Scrabble dont la boîte en carton aux bords usés le fait douter de son état, mais celui-ci s'avère très bien entretenu. Les pages à petits carreaux passés du cahier à spirales glissé à l'intérieur égrènent les points de générations d'affrontement. D'abord Lucien et Léonie, « mes arrière-grands-parents », lui souffle Marion qui s'est approchée et regarde par-dessus son épaule, Jean et Mireille, « mon grand-père et sa sœur », Danièle, « ma grand-mère », …

Romain sort le sachet de lettres jaunies et le lui tend pour qu'elle tire ses sept lettres. Il fait de même ensuite.

S'ensuivent deux parties serrées. En balayant le plateau pour ranger, Romain garde les lettres de son prénom.

- Ça alors… Je peux transformer M.A.R.I.O.N en R.O.M.A.I.N.

Les joues de Marion se colorent d'une légère teinte rose.

- Si tu veux, on peut dîner sur la table basse pour être plus près du feu.
- Cool.

Il dirait oui à tout tellement il se sent bien. Le feu crépite, interrompu de temps à autre par une bûche qui tombe dans un bruit sourd entraînant une multitude d'étincelles. Marion a allumé des bougies partout dans le chalet afin d'économiser la réserve d'énergie fournie par les panneaux solaires. Romain n'est pas habitué à cette lumière vacillante et toutes ces ombres. Cela donne une atmosphère particulière, feutrée. Marion récupère sur le rebord de la fenêtre le reste des provisions fraîches qu'elle a apportées et sort avec un petit sourire triomphant un énorme morceau de fromage à raclette. Elle le plante sur une tige en métal insérée verticalement dans une planche épaisse aux contours irréguliers mais polis et dépose le tout au bord de la cheminée. Elle égoutte les pommes de terre qui cuisaient depuis une demi-heure dans une marmite d'eau suspendue au-dessus du feu, les coupe en deux, et lui tend une longue spatule.

- Dans cinq minutes, c'est prêt !

Romain est impressionné ; ils vont se faire un dîner de chef aux chandelles au milieu de nulle part. Le dessus du fromage a déjà ramolli et commence à faire des bulles, sonnant le moment de positionner la spatule et de racler. Le fromage s'écoule en long serpentin sur la pomme de terre. Il tend l'assiette à Marion et recommence déjà l'opération tant le fromage fond vite.

Cela faisait longtemps qu'il n'avait pas autant rigolé. Marion a sorti un *Times up* et ils se sont limités à la partie mimes, en s'affranchissant rapidement du jeu et en choisissant eux-mêmes les célébrités à mimer. Elle le presse de recommencer encore et encore quand il enchaîne l'imitation de chaque membre des derniers gouvernements. Les bougies et le feu se consument jusqu'à ne laisser plus qu'un simple filet de lumière tremblotante.

- Nous serons bientôt dans le noir, lui chuchote Marion en le tirant par les bras.

Elle l'aide à se relever et l'entraîne vers la chambre qui brille d'une autre clarté en cette nuit de pleine lune. Les volets sont grands ouverts et la lumière blanche, tel un réverbère, éclaire la pièce à travers la baie vitrée, seule partie du chalet qui a été modifiée depuis sa construction. Ils s'étalent avec volupté sur la couette moelleuse.

Tout à coup il se sent redevenir le garçon d'avant l'accident. Le vrai. Capable de rigoler, d'aimer… et peut-être de faire l'amour ! Il n'ose pas encore y croire et ne pensait pas retrouver ces sensations un jour. Mais c'est comme si subitement, ces dernières années, le trou noir, le désespoir, les douleurs, les efforts surhumains pour tenter de se relever, le dégoût de tout, la perte d'envie, s'effaçaient et qu'il grandissait de trois ans d'un coup. Comme s'il retrouvait le Romain d'avant. Mais en même temps, plus mature.

Il serre fort Marion dans ses bras et elle aussi, comme si le désir de se toucher, s'étreindre, qui montait depuis une semaine pouvait enfin être assouvi. Ils roulent l'un contre l'autre pour ne finalement faire plus qu'un. Un par un, avec douceur, elle lui retire ses vêtements et il fait de même, jusqu'à ce que leurs deux corps nus se collent entièrement.

Il a l'impression de renaître dans un nouveau corps. Son corps d'adulte. Il s'extirpe de sa carapace d'adolescent mutilé et devient un homme.

Il sourit à Marion. Son bonheur est indescriptible. Elle le fait revivre.

Est-ce un bruit qui l'a réveillé ? Il ouvre les yeux qui rencontrent ceux d'un renard fixés sur lui, tendu sur ses pattes derrière la vitre. Romain n'ose pas bouger de peur qu'il ne s'enfuie. Son regard dévie vers Marion sans mouvoir sa tête. Elle dort d'un sommeil paisible, nue, ses boucles étalées autour de son visage d'ange.

En arrière-plan, les montagnes se dressent, majestueuses, et une boule de feu commence à s'élever derrière elles. Un nouveau chapitre commence.

30.

Même si ce sont les vacances scolaires, déjà la deuxième semaine, le rythme de réunions n'a presque pas diminué vu que les autres pays ne sont pas en congés, eux. En revanche, Natasha, exceptionnellement, a pris des vacances pour retourner en Russie. Cela détend l'atmosphère du service entier. Elsa s'interroge sur ce phénomène. Comment se fait-il que son absence se ressente autant, et si positivement ? Candice, la responsable de communication, lui a parlé du principe de la pêche pourrie dans un panier. Au regard interrogateur d'Elsa, elle a répondu « il suffit d'une pêche moisie dans un panier pour contaminer toutes les autres ».

Ding, tiens, finalement, elle n'est jamais très loin. Un WhatsApp avec quelques photos du magasin de cosmétiques Ile de Beauté à St Petersbourg transféré au Codir. La moitié est en vacances, et surtout une majorité est sans doute lasse de ses messages quasi-quotidiens. Pour une fois, personne ne répond, pas même Blanche ou Raphaël.

Les corps s'enlacent, se délacent, s'enroulent, s'entortillent, se déploient, se recroquevillent avec une telle harmonie qu'on croirait qu'ils font l'amour. Les danseurs sont vêtus de sous-vêtements couleur de peau, ce qui donne l'impression qu'ils sont nus. Ils s'attirent et se repoussent avec une grâce infinie.

Elsa est hypnotisée par ce spectacle et sert doucement la main de François à ses côtés. Elle l'a retrouvé, enfin. Elle avait réservé ces places de danse contemporaine l'année dernière en espérant à l'époque que Nicolas viendrait avec elle, mais il a décliné ce matin comme à chaque fois. Elle a proposé alors à François qui rentrait tout juste de son déplacement sur lequel il avait enchaîné après ses vacances en famille. Son teint mat a bruni sous l'effet du soleil des montagnes. Il est encore plus séduisant que d'habitude.

Au retour, assis sur les strapontins du métro quasiment vide, ils évoquent les images qui tourbillonnent encore dans leurs têtes. Un homme assis sur le strapontin en face d'eux interpelle Elsa : « Vous respirez la sérénité. Vous le rendez heureux. Ça se voit. Ça fait plaisir ». Elsa est surprise, touchée de son intervention et balbutie un merci timide. François lui fait un clin d'œil complice.

31.

Le nez collé à la vitre, Romain regarde Marion qui lui fait des signes sur le quai ; des cœurs, des bisous, des au revoir.

Le train s'ébranle silencieux, Marion marche à côté, Romain lui sourit, son cœur se serre, elle court à présent, puis abandonne, vaincue par l'accélération du train. Elle n'est plus qu'un point sur le quai.

Romain se remémore la première fois qu'il l'a vue, lundi il y a deux semaines, quand au lieu de Jean-Michel qu'il s'attendait à retrouver, sans enthousiasme mais résigné, on lui a indiqué qu'il serait avec Marion, bénévole pour la première année. Sa bonne humeur, son air malicieux l'avaient touché sans qu'il laisse rien paraître sur son visage mutique.

En lui faisant confiance, en le faisant skier par lui-même malgré son handicap, en lui faisant découvrir qu'il était capable d'aimer et surtout d'être aimé, elle lui a rendu le bout de son corps dont il était amputé depuis deux ans et demi. Elle l'a fait revivre.

32.

Elsa émerge tout doucement de son sommeil sous la douche, essayant de se remémorer son rêve mais les images sont déjà brouillées par l'agenda de la journée qui se profile. Quelques bribes peinent à se reformer. Elle tente en vain d'attraper au vol des bouts illustrés pour reconstituer le scénario fabuleux créé par son cerveau au cœur de la nuit. Qui en faisait partie ? Comment étaient les lieux ? Elle a beau se concentrer, il lui échappe, les restes de souvenirs se désagrègent inexorablement malgré tous ses efforts. Impuissante, elle laisse tomber pour cette fois et le laisse filer. Il n'en reste rien de consistant à écrire sur un bout de papier comme elle le fait parfois ; ou à raconter aux enfants au petit déjeuner ; ou à François. Et de toutes les manières, elle n'a pas le temps. L'agenda de la journée revient au galop.

Photo classe Margot 13€ - réunion parents collège rendre questionnaire à Léa - Rendez-vous ORL Eliot - appeler CAF - atelier Reboot - Codir - 121 Carole.

Ding, le téléphone posé sur le rebord de la vasque de la salle de bain vibre, manquant de glisser sur les gouttes qui la tapissent, et malgré ses cheveux qui dégoulinent, Elsa s'en empare. Elle doit s'y reprendre à plusieurs fois pour parvenir à le déverrouiller avec son doigt humide. Elle grimace devant le WhatsApp de Natasha à Candice,

Aymeric et elle, « REUNION DE CRISE A 9H, THANKS FOR MAKING YOURSELVES AVAILABLE. »[1] Argh, c'est reparti, elle fera le chèque pour la photo de classe de Margot ce soir, pareil pour le questionnaire du collège. Le message lui fait l'effet d'une poussée d'adrénaline. Elle accélère d'un seul coup ses gestes automatiques du matin et crie à travers l'escalier « Margot, Eliot, finissez de vous habiller, on va prendre le petit déj, dépêchez-vous ! » tout en se maudissant de laisser Natasha influer sur la quiétude de son foyer.

Quand elle arrive essoufflée dans la salle de réunion « Les îles » à neuf heure zéro deux, ses collègues sont déjà rassemblés autour de la table. Natasha a son air glacial des mauvais jours et lui tend une feuille de papier.

- Please sign the NDA[2].

C'est déjà le troisième qu'elle signe depuis le début de l'année.

Natasha entreprend de leur dépeindre d'un air outré la situation critique. Les Autorités les accusent depuis quelques mois d'avoir continué à utiliser du parabène dans leurs crèmes hydratantes pour le corps malgré la mention « sans parabène » mise en avant sur l'emballage. Aujourd'hui, la situation se corse car un groupe de journalistes suédois vient de sortir un dossier les accusant d'usage d'allégations fausses. Les principaux éléments ont été repris par les médias de quelques pays ce matin, mais pour le moment, sans trop d'effet boule de neige. La discussion qui s'ensuit tourne autour de la meilleure réaction à avoir : faut-il argumenter proactivement ou au contraire ne surtout pas réagir en espérant qu'un drame survienne dans l'actualité qui surpasse le leur.

---

[1] Merci de vous rendre disponibles

[2] Non Disclosure Agreement, accord de confidentialité

Quoi qu'il en soit, ils doivent préparer avec Candice, la Directrice de Communication Corporate, les éléments de langage, le « *position statement* » pour tous les marchés. Ils débattent pendant des heures, sous-pèsent chacun des mots qui visera à convaincre la planète entière qu'ils sont une entreprise irréprochable, digne de confiance, n'utilisant que des ingrédients autorisés et visant uniquement au bien-être et à la santé de leurs consommateurs.

Natasha fusille Elsa du regard quand celle-ci émet un « mais on est d'accord qu'on en utilise du parabène dans certains produits ? » Cette dernière a cru comprendre à travers des informations glanées ici et là, mais bien sûr non officielles, et quelques indiscrétions du pôle technique que le parabène était encore intégré dans la formule de certaines crèmes les plus délicates et fragiles. Elle n'est pas complètement certaine de la manière dont elles avaient échappé jusqu'alors au contrôle des Autorités. Les échantillons envoyés n'en contenaient sans doute pas. La formule de Marc Lavoine « les yeux revolver » conviendrait bien pour cet instant. Natasha est furibonde et la colère, qu'elle parvient rapidement à maîtriser et transformer en mépris, déforme son visage. Elsa surveille la veine qui semble prête à exploser sur sa tempe.

Candice recentre la discussion sur le texte à finaliser et après quatre heures de pourparlers qui ont bouleversé l'agenda de la matinée, ils s'accordent sur les quinze lignes. Ce n'est que la première étape d'un long process. Celles-ci seront ensuite envoyées pour validation aux nombreux échelons hiérarchiques supérieurs avant d'être diffusées.

A la fin de la semaine, Elsa a rendez-vous pour la visite médicale à dix heures. Elle se présente à l'infirmerie avec son carnet de vaccination et patiente quelques minutes dans la salle d'attente. Différentes affiches de prévention contre les méfaits du tabac, le stress au travail, le manque de sommeil tapissent les murs blancs. Elle a à peine le temps de consulter les derniers mails reçus le temps du trajet - trois étages - que l'infirmière s'approche et l'appelle. Après les examens classiques d'urine, de vision et d'audition, elle la fait asseoir en face d'elle, et prend une fiche pour vérifier les informations administratives la concernant. Elle lui demande ensuite si tout va bien au bureau, comment est l'ambiance, si elle est heureuse de ce qu'elle fait. Elsa lui donne quelques éléments du contexte, lui parle du mal-être croissant de certaines personnes de l'équipe sans les nommer, évitant ainsi de parler directement d'elle-même, de la pression diffuse à laquelle chacun réagit comme il peut. Ce à quoi l'infirmière lui répond :

- Et ça ne va pas aller en s'arrangeant !

33.

Le ballon rebondit sous les dribles habiles du grand gaillard qui se faufile pour éviter son adversaire. Soudain il stoppe net, fait une passe à son pote qui s'élève dans les airs pour orienter la balle vers le panier. Victoire ; après avoir oscillé sur l'arceau vacillant devant chaque joueur suspendu à ce mouvement, celle-ci finit par tomber au milieu. Romain, derrière la grille, ne peut s'empêcher de laisser échapper un « whaou » admiratif. Les trois joueurs, probablement de l'autre lycée du quartier car il les connaît seulement de vue, se tournent vers lui et lui proposent de les rejoindre. Romain est tenté mais hésite.

- Allez, on n'est que trois, viens dans mon équipe, comme ça on sera deux contre deux. Je m'appelle Victor et eux, c'est Arsène et Octave.
- Enchanté, moi c'est Romain. OK, faisons l'essai.

Romain est un peu tendu dans un premier temps, ayant peur de les gêner avec son fauteuil, mais après avoir marqué un panier applaudi de tous, il se détend et joue avec de plus en plus de fluidité.

Après trois quart d'heure de jeu et une victoire remportée de justesse par Arsène et Octave, ils se serrent tous la main.

- Tu viens souvent ici ?

- Oui, de temps en temps, mais en général, je vérifie qu'il n'y a personne avant de m'approcher. Là, je n'ai pas pu m'en empêcher en vous voyant jouer si bien.

- N'hésite pas la prochaine fois !

Romain repart à la maison trempé mais le sourire aux lèvres.

34.

Elsa attend le Shinkansen, le train à grande vitesse japonais qui relie Tokyo à Kyoto, où elle doit retrouver pour deux nuits François qui lui, arrive d'Osaka. Sur le quai, les Japonais font la queue de manière extrêmement ordonnée devant l'emplacement indiqué pour leur wagon. Chaque repère est le point de départ d'une ligne perpendiculaire au train, parfaitement droite, où tout nouveau voyageur vient se ranger de manière méthodique. Elsa est la seule à briser l'harmonie de ces alignements méticuleux le temps de comprendre sur quelle ligne elle doit se placer.

A l'arrivée François l'attend sur le quai. Elle lui saute dans les bras, ne se souciant plus du tout du protocole ni du respect d'une structure imposée. Main dans la main ils se dirigent vers le *Ryôkan*, auberge traditionnelle japonaise, où ils ont réservé une chambre.

Une femme d'un certain âge les accueille en se courbant respectueusement pour les saluer. Sa longue chevelure noire parsemée de nombreux fils blancs est rassemblée en chignon et encadre un visage rond souriant. Elle porte un habit traditionnel en soie grise agrémentée de fines fleurs blanches, avec une large bordure noire.

Elle désigne les petits casiers dans lesquels déposer leurs chaussures et les troquer contre des tongs en bois, avant de les conduire à leur chambre qui transporte instantanément

Elsa dans les dessins animés japonais de son enfance. La musique du générique de la série Jeanne et Serge lui revient, ainsi que l'image de Jeanne tirant la porte coulissante en papier épais translucide tendu sur un cadre en bois. L'hôte se met sur le côté pour les laisser entrer et désigne les *yukata*, kimonos de coton léger, disposés sur le matelas futon étalé par terre au milieu de la pièce.

- You can wear this yukata when you go to the bath madam, at what time would you like to book your bath?

Elsa lui jette un œil interrogateur, tandis que la femme poursuit.

- It's available at 7pm.
- OK then
- And you Sir, you can have the following slot at 7.30pm
- Ok perfect thanks.[1]

Elsa et François s'étalent sur le futon dès que l'hôte a disparu à pas feutrés, tout en surveillant l'heure pour ne pas rater l'heure du bain.

A sept heures moins cinq, Elsa enfile son kimono sur son corps nu et tend la main à François.

- On peut tenter d'aller prendre notre bain ensemble discrètement, non ?

François acquiesce et attrape sa main pour se relever. Ils arrivent devant la porte des bains sans avoir croisé personne dans ce *Ryokan* désert. Une baignoire géante est déjà remplie à ras bord d'eau très chaude dont le trop plein se déverse sur les côtés tandis que le robinet continue de couler, sans possibilité de l'arrêter. Ils entrent avec volupté dans l'eau qui leur arrive aux oreilles. Le bain ou plutôt le bassin est tellement grand et haut qu'ils ont la place de

[1] Vous pouvez mettre cette yukata quand vous allez au bain Madame ; à quelle heure voudriez-vous réserver votre bain ? C'est disponible à 19h. OK. Et vous Monsieur, vous pouvez avoir le créneau suivant à 19h30. OK parfait merci.

s'étaler en étoile l'un en face de l'autre. Elsa ferme les yeux la tête appuyée sur le rebord tandis que François lui masse délicatement les pieds. Elle ressent une sensation de plénitude totale.

Quand ils sortent du bain la peau rougie et flétrie, Elsa cherche le moyen de vider la baignoire pour la personne suivante mais ne trouve pas. Elle réalise alors que c'est un bain commun avec la même eau pour tous, quoique renouvelée en permanence, et qu'ils étaient censés se doucher avant d'y entrer…

De retour dans leur chambre, ils s'affalent à nouveau sur les futons assommés par la chaleur du bain et doivent se forcer à bouger pour se rhabiller et ressortir dîner.

La lumière entre depuis longtemps dans la chambre à travers les stores bateaux écru quand ils se réveillent doucement. François a les yeux ouverts et regarde Elsa, sa main délicatement posée sur sa cuisse. Elle lui sourit dans un demi-sommeil.

Ils passent la journée dans un bain de culture japonaise, mélange de tradition et de modernité. Les rues sont remplies de Japonais qui déambulent en vêtements traditionnels quel que soit leur âge. Ils sont tombés par hasard sur la période du *Hanami*, synonyme de contemplation des cerisiers en fleurs. Leurs pas à travers la ville parsemée de pétales roses et blancs tel un tapis de neige, les mènent vers le monastère Ryōan-ji légèrement à l'écart. Ce jardin abrite un *karesansui*, un jardin sec également appelé jardin du néant. Ce jour-là, il est délaissé par les promeneurs qui se sont massés sur les lieux de contemplation des cerisiers en fleurs : sur le chemin de la philosophie qui longe le petit canal Biwa, ou dans le grand jardin Kyoto Gyoen qui entoure le palais impérial avec plus de mille cerisiers au centre de la ville.

Ils entrent main dans la main dans ce lieu de méditation après avoir déposé leurs chaussures et sandales dans les casiers en bois à l'entrée. Ici le temps est suspendu, et la foule déambulant en masse à l'extérieur du sanctuaire fait place à l'immobilité. Quelques personnes agenouillées ou en tailleur çà et là semblent avoir quitté leur carapace corporelle. Elsa et François avancent à petits pas et vont s'asseoir sur la plateforme en bois qui surplombe la mer de pierres. Les ondulations des graviers évoquent à Elsa des vagues dessinées par la marée. Elle est hypnotisée par leur agencement en cercles et subjuguée par l'impression que chaque caillou a été positionné au millimètre. Des rochers verticaux, en forme de menhirs, se dressent au milieu des graviers, ajoutant des ombres au dessin des vagues minérales. Ils restent un long moment immobiles devant ce tableau abstrait et Elsa ressent à quel point François la remplit d'un bonheur qui lui manquait.

35.

La chambre est baignée de lumière quand Romain ouvre les yeux. Il ne ferme plus les volets depuis les dernières vacances afin d'être réveillé plus tôt, de manière naturelle. Il regarde le plafond presque entièrement recouvert d'une affiche géante de *Fortnite* qu'il avait gagnée quand le jeu était sorti. On aperçoit en arrière-plan dans les airs le *Battle bus*, le bus volant duquel les cent personnages sautent au début de l'histoire. Le reste de l'affiche est recouvert de personnages éclectiques, mélange d'humains, hommes et femmes, robots, guerriers et guerrières, monstres, qui volent, sautent, combattent, se défendent. Romain a passé des heures à observer chaque détail illustré, se rêvant l'un puis l'autre personnage, au moins autant qu'il en a passé à jouer. Elle ne lui fait plus le même effet à présent. Il faudra qu'il demande à son père de l'enlever quand il reviendra. Là, il est en déplacement au Japon. Il arrive tout à l'heure ou demain croit-il se rappeler.

Romain réfléchit au programme de sa matinée et décide d'aller nager. Il a bien constaté que les séances de kiné lui avaient servi pour le ski mais la marge de progression est énorme. Il s'astreint à présent à la discipline de la natation toutes les semaines, le dimanche matin en général, avec son père. C'est devenu leur rituel à tous les deux. Romain a l'impression que ça fait plaisir à son père de passer ce moment avec lui. A lui aussi. De plus, il est ultra motivé. Il a compris plus que jamais que ses bras étaient ses jambes ; ou plutôt la somme de ses bras et jambes, et qu'ils devaient être doublement musclés.

Safia l'accueille avec son sourire habituel.

- Bonjour mon grand, comment vas-tu ? tu es sans ton père aujourd'hui ?
- Bonjour Safia, merci, ça va. Oui, papa est en voyage.
- Quelle chance ! Voilà un fauteuil d'ici, dis-moi dès que tu es prêt et je te fais passer.

Safia se lève et s'arc-boute légèrement pour tirer la large baie vitrée qui sépare l'accueil de la zone des bassins.

D'habitude c'est son père qui l'aide à passer de son fauteuil à l'eau, mais il a déjà réfléchi à la question. Il a décidé de ne demander d'assistance à personne. En deux tours de roue, il est près du plongeoir à proximité de l'entrée empruntée. Il cale son fauteuil contre, y pose ses mains comme il le fait avec une chaise, et d'une pression musclée se soulève de l'assise pour passer sur le promontoire. Il prend le temps de marquer une pause. Il ne sait que trop bien qu'un geste précipité, même insignifiant, peut être lourd de conséquences. Ses jambes pendent dans le vide, au-dessus de l'eau bleutée. Son regard se porte à présent sur les nageurs.

Il reconnaît quelques bonnets qui sont là tous les dimanches. Le rose fuchsia gaufré dans la ligne de droite ; une femme d'un certain âge, en maillot une pièce rose flashi assorti, qui nage lentement mais avec une régularité de pendule, toujours la brasse, le cou étiré au-dessus de l'eau. Dans cette même ligne, un bonnet noir porté par une masse énorme, qui se meut avec plus de lenteur encore. Le bonnet gris argenté d'une jeune adolescente vêtue d'un maillot bleu électrique slalome entre ces corps lents, qu'elle a préférés aux torpilles des deux lignes d'à côté. Ceux-là, ce sont les bonnets en furie : un vert et jaune représentant le drapeau brésilien que Romain a déjà repéré, plusieurs noirs, des bicolores blanc et bleu, des gris anthracite. Romain a l'impression que les propriétaires de ces bonnets se tirent tous la bourre, éclaboussant tout sur leur passage, et ne ralentissant pas en bout de ligne où une pirouette les fait rouler sur eux-mêmes et repartir dans l'autre sens. Enfin la quatrième ligne, des « palmes et plaquettes » ; un pot-pourri de différents styles, de la mère de famille sur le dos, les bras tendus arrimés à une planche à l'arrière de la tête, au nageur chevronné, dont la musculature saillante du dos et des bras émergent de l'eau à intervalle régulier. Son regard se pose un instant sur ce dernier, qui nage le crawl avec un flotteur entre les jambes. Il observe ses bras sortir de manière alternée et très rythmée et sa main fléchie fendre l'eau devant lui pour la ramener et le propulser en avant. Romain est hypnotisé par ces mouvements qui s'enchaînent, incessants.

Il les compare alors à ceux du nageur de crawl de la ligne voisine, dont les jambes sont libres, elles, et contribuent en battant à l'équilibre du corps plus qu'à une action propulsive.

Il tend son bras pour saisir son *pullboy* spécial, flotteur qu'il accroche à ses jambes à l'aide de lanières à scratch, puis se soulève encore une fois sur ses avant-bras pour basculer dans l'eau. Comme à chaque fois, il retrouve cette sensation de légèreté et d'insouciance. Il commence à nager, lentement d'abord puis plus vite. Il gaine le haut de son corps afin de le surélever au niveau de la surface et petit à petit les mouvements reviennent, automatiques. Ses pensées s'échappent et il se remémore sa discussion téléphonique de la veille avec Marion ; un de ces longs échanges qui ont désormais quasiment entièrement remplacé les jeux vidéo.

36.

En ce premier week-end d'avril, Elsa est seule avec les enfants, Nicolas étant parti rendre visite à son oncle Jules en Bourgogne. Elle lui a proposé d'y aller tous ensemble ; cela lui aurait bien dit de passer deux jours au milieu des vignes. Et elle voudrait être sûre - même si c'est à présent bien plus mollement qu'auparavant - d'avoir tout tenté pour sauver son couple. Mais Nicolas a prétexté qu'Oncle Jules commençait à fatiguer.

Sur une soudaine impulsion, elle a donc profité du fait que les enfants étaient en plein tournoi de ping pong chez les voisins pour se lancer dans la peinture de la chambre de Margot. Elle avait ce projet depuis quelques semaines et avait déjà acheté le matériel, pots de couleurs, rouleaux et pinceaux, stockés dans le garage. Elle a décidé de repeindre un des pans de murs en jaune afin d'égayer la chambre qui est orientée au nord.

Forcément, cela lui prend beaucoup plus de temps que prévu car elle avait omis tous les préparatifs dans son calcul : déplacer le bureau, le coffre à jouets, l'étagère de livres, lessiver le mur qui heureusement est en bon état, protéger les plinthes. Elle jette un œil à l'heure quand elle est enfin prête à plonger son rouleau dans le pot de jaune. Il est dix-huit heures, elle a encore un petit peu de temps devant elle pour la première couche. Son premier trait se transforme en cœur dans lequel elle trace un E+F d'une écriture maladroite qu'elle envoie en photo à François avant de recouvrir les traces de son amour secret.

Elle est en train d'admirer le résultat de son mur qui rayonne dans les couleurs du soir quand une cavalcade se fait entendre.

- J'ai gagné !
- Oui mais tu as triché !
- Qu'est-ce qu'on mange ?

Il est plus que temps de refermer le pot et de condamner la chambre en déclarant :

- Margot, tu vas dormir avec Léa ce soir.
- Ouiiiii, trop cool, oh maman, c'est trop beau ce que tu as fait.
- Tu pourras faire pareil pour ma chambre ?
- Moi aussi je veux dormir avec les filles !

37.

Déjà les vacances de Pâques. Romain a réussi à convaincre ses parents de repartir seul au ski. Marion l'attend sur le quai. Il reconnaît avec joie ses mèches blondes ébouriffées qui se soulèvent dans le courant d'air de la gare. Son cœur se serre et se gonfle à la fois, il ne pensait pas que revoir Marion lui ferait un tel effet.

La plateforme descend lentement et s'immobilise à la hauteur du quai. Il s'en dégage de quelques tours de roue afin de ne pas embouteiller la sortie et pousse sur les accoudoirs pour se redresser et s'accrocher à Marion. Il l'enlace et la serre fort contre lui.

Marion vient d'avoir dix-huit ans le mois dernier et a passé son permis dans la foulée afin de gagner en autonomie dans la région. Elle le pousse jusqu'à la vieille jeep familiale qui les attend sur le parking. Le vent et le soleil ont chassé l'averse qui a inondé les environs juste avant l'arrivée du train faisant étinceler le métal des carrosseries et laissant de grandes flaques d'eau autour desquelles slalomer.

Cette fois, Marion ne s'est pas portée volontaire pour accompagner les handiskis afin qu'ils puissent rester ensemble durant toute la semaine. Malheureusement, ils n'en ont qu'une seule en commun. Elle reprend les cours la semaine suivante tandis qu'il rentrera réviser le bac.

- Y a pas assez de neige pour skier jusqu'au chalet. Je te propose qu'on reste quelques jours dans la station en prenant la benne pour monter à 3000 mètres et qu'on se rende au chalet en voiture vendredi pour y passer le week-end.

- Génial, j'suis tellement pressé de reglisser... et tellement heureux de te retrouver.

Marion rosit mais ne dit rien, concentrée sur son volant.

38.

Enfin les vacances. Enfin Arcachon. Elsa réalise à quel point elle s'est punie elle-même en annulant celles de ski des enfants en février - et par conséquent les siennes.

Une torpeur l'envahit doucement. Ses paupières se font lourdes. Elle bascule vers l'arrière pour poser sa tête sur le sable et sent la chaleur des rayons du soleil lui réchauffer délicatement le flanc droit. Tout son corps est lourd, ancré dans le sol. Elle réalise qu'elle s'est assoupie à chaque fois que Margot arrive près d'elle et crie :

- Regarde maman le coquillage que j'ai trouvé !

Elle n'entend ensuite plus aucun bruit autour d'elle, elle a dû s'assoupir à nouveau, jusqu'à ce qu'elle sente une présence à ses côtés. Le soleil ne la réchauffe plus car quelqu'un s'est placé juste sur sa trajectoire. Elle frissonne et entrouvre un œil. C'est Nicolas qui est venu s'asseoir à côté d'elle.

- Je vais reprendre l'affaire d'oncle Jules.
- Pardon ?

La nouvelle la réveille d'un seul coup. Elle se redresse brusquement, d'une part pour se replacer au soleil, mais surtout pour en savoir plus.

- Je ne supporte plus ma vie ici, les concours d'architectes dont l'issue n'est que politique, notre couple qui n'en est plus un, la vie qui se réduit à gérer les enfants.

Elle le regarde abasourdie.

- Je veux me rapprocher de la terre et apprendre le métier de vigneron auprès d'oncle Jules tant qu'il est encore là. Ça fait des années qu'il m'en parle et qu'il en parle à mes frères aussi, aucun de nous n'a saisi la proposition mais je sens que le moment est venu.

Dans sa tête défilent toutes les conséquences de cette information, et elle n'en retient qu'une seule : elle va devoir quitter François.

- Comment on va faire pour l'école des enfants ? et pour mon boulot ?
- Tu n'as pas compris, je pars seul.

Sans pouvoir se retenir une seconde, elle éclate en sanglots devant son modèle familial qui vient de s'effondrer d'un seul coup. A ce moment, Eliot arrive, hurlant qu'il s'est fait pincer le pied par un crabe, et se jette dans ses bras. Il se redresse après coup en voyant son visage inondé de larmes, ce qui a l'effet magique de lui faire complètement oublier qu'il pleurait.

- Tu pleures maman ?
- J'avais peur qu'un crabe ne vienne me manger le pied à moi aussi.
- Mais non, je vais te défendre, attends, je vérifie qu'il n'y en a pas autour de toi.

Nicolas se lève et va regarder l'horizon, les pieds dans l'eau.

Elsa reste assise à sa place, les orteils à moitié enfoncés dans le sable dont les grains roulent de part et d'autre. Des vagues incessantes se cassent sur le bord, ronronnant dans un bruit de fond continu. Des catamarans ou monocoques essayent de partir mais peinent face au vent venant du large. Les voiles fluo, orange, bleu turquoise contrastent devant la mer vert foncé, éclairées par les rayons de soleil qui percent à travers les nuages gris apparus d'un coup.

Elsa ne pense à rien. Elle est incapable de penser à sa vie d'après.

39.

La semaine est passée beaucoup trop vite. Romain sent une boule dans l'estomac qui grossit depuis la veille sans qu'il puisse contrôler la sensation de mal-être dans lequel elle le met.

Ils sont tous les deux sur le lit du chalet d'alpage, Marion adossée contre lui, et lui contre le mur, face à la montagne, qui se dresse devant eux, majestueuse.

C'est le dernier matin. Tout à l'heure, ils finiront de ranger et de tout embarquer dans la jeep pour filer directement à la gare.

Il caresse doucement les cheveux de Marion et observe son corps nu, délicat et musculeux à la fois. Sa poitrine se soulève au rythme de sa respiration. Ils viennent de faire l'amour avec l'énergie du matin mais il a encore envie d'elle, de la serrer, d'unir son corps au sien. Est-ce qu'elle sent ce nouveau désir monter ? Elle se met à onduler très lentement sur lui, tandis que sa main est descendue le long de son corps pour la caresser.

La jouissance est encore une fois extatique même si plus longue à venir et plus douce que la précédente. Ils s'assoupissent jusqu'à ce que le soleil entre directement à l'intérieur de la pièce et vienne chatouiller leurs paupières.

Marion, sentant sans doute que le mouvement ne viendra pas de lui, se redresse et le regarde avec un sourire, mélange d'amour, de malice et de fierté.

- J'ai quelque chose à te montrer.

Sans attendre sa réponse, elle se lève et trottine jusqu'à son sac d'où elle extirpe un dossier d'une poche intérieure. Elle revient s'asseoir sur le lit face à lui cette fois, en posant la chemise en carton verte devant elle. Sa curiosité est aiguisée. Que peut-il donc bien y avoir d'intéressant dedans qui mérite qu'elle se soit décollée de lui ? Ses yeux brillent quand elle ouvre le rabat et en sort un double feuillet administratif de quatre pages.

- Tu m'as dit que tu ne savais pas quoi faire l'année prochaine ? c'est ton bulletin d'inscription à l'école de ski qui prépare les athlètes de haut niveau présentant un handicap. Cela nous permettra d'être ensemble à Chamonix pendant que je serai à l'ENSA, l'Ecole Nationale de Ski et d'Alpinisme.

Une joie immense l'envahit, une lueur d'espoir renaît en lui, en laquelle il n'ose cependant pas encore croire.

- Tu es sûre que je peux postuler à ce type de formation ?

- J'ai demandé à Pierre de t'observer quand tu faisais le slalom, et il était impressionné quand il a su que c'était seulement ta troisième semaine de ski assis. Il dit que tu as une puissance du haut du corps assez exceptionnelle que tu accompagnes d'un jeu de bassin très efficace. C'est lui qui m'a donné les papiers. Le dossier est à rendre avant le quinze mai.

Romain a encore du mal à croire que ce soit possible, il a tellement peur d'une déception qu'il réfléchit à tout ce qui pourrait empêcher ce projet d'aboutir.

- Le plus compliqué, ce sera peut-être de convaincre mes parents !

Mais en lui-même, il n'a déjà plus qu'un objectif en tête, y parvenir, quoi qu'il arrive.

Il attire Marion contre lui et murmure « merci » en la serrant fort.

Pendant le trajet de retour en train, tout en regardant le paysage se superposer au reflet des voyageurs avachis après un séjour en altitude, il réfléchit à la manière de présenter le projet à ses parents. Mille scenarii se dessinent dans sa tête : un refus catégorique sans même l'avoir écouté, des pleurs, des cris, surtout de sa mère, un air surpris, dubitatif. Ce serait sans doute le pire.

Ses parents sont tous les deux sur le quai. A un mètre l'un de l'autre, comme s'ils étaient venus séparément. Sa mère lui paraît avoir rapetissé pendant les vacances. Son père au contraire lui semble rajeuni avec son teint hâlé. Où était-il récemment pour avoir de telles couleurs ?

Le train s'immobilise complètement. Tous les voyageurs qui attendaient debout dans le couloir au risque de perdre l'équilibre se précipitent vers la sortie. Sa mère parvient à se faufiler à contre-courant.

- Mon chéri, comme tu as l'air en forme !

Romain est intarissable pendant tout le trajet de retour mais se retient de parler du dossier. Il préfère attendre d'être à la maison.

Son père leur sert l'apéro pour fêter le retour de Camille de Biarritz et le sien. Cela faisait longtemps qu'il n'avait pas ressenti cette ambiance de famille unie. Camille attend que tout le monde soit servi pour annoncer qu'elle souhaiterait changer de voie et faire l'école hôtelière de Lausanne l'année prochaine. Depuis le début de l'année elle se force à suivre ses cours de prépa mais ils ne l'intéressent pas et ne parviennent pas à la motiver.

Espérant qu'elle lui rendra la pareille, Romain s'écrie enthousiaste « mais c'est génial, je te vois vraiment bien faire ça ! » Elle le regarde étonnée, elle ne s'était pas attendue à une réaction particulière de sa part.

Romain décide de se lancer à sa suite.

- Alors moi, je vais déposer un dossier pour la formation d'handiski à Chamonix l'année prochaine.
- Hein ? le cri de sa mère ne s'est pas fait attendre.
- Laisse-le expliquer, l'arrête son mari d'un geste.

Romain sort le dossier et restitue les commentaires de Pierre.

- Si c'est ça qui vous motive vraiment les enfants, et si vous pensez en être capables, faites-le. J'aime mon métier mais j'aurais aimé que mon père me laisse aller au bout de ma passion quand j'étais jeune.

Romain observe sa maman qui lutte entre les différentes réactions qui l'animent intérieurement. Des larmes perlent au coin de ses yeux. Après un long silence que chacun a respecté, elle soupire.

- Je vais peut-être demander une affectation à Grenoble. Comme ça, je serai à côté de ma sœur, et pas très loin de vous deux.

40.

C’est la radio qui réveille Elsa, ce qui n’arrive jamais.

Lee Fields, l'un des derniers seigneurs de la Soul américaine, est en concert ce lundi 29 avril à Paris à l'église Saint-Eustache, et le mardi 30 avril à l'Aéronef de Lille. Pour présenter son dernier album « It rains love », il nous a reçus et nous a offert un extrait intimiste de son titre phare.

Elle n’a quasiment pas dormi du reste des vacances mais c’est aujourd’hui, jour de la rentrée, qu’elle ne parvient pas à ouvrir les yeux. Des sons de guitare s’échappent de la radio et une voix éraillée et rythmée entonne

It rains love when I'm with you,
It rains love when I'm with you.

Elle est restée hébétée par la nouvelle toute la semaine précédente, se repassant en boucle le film de ces derniers mois, de ces dernières années, et s’interrogeant « est-ce de ma faute ? est-ce que les autres couples y arrivent mieux que nous ? qu’avons-nous raté ? qu’ai-JE raté ? aurais-je dû m’y prendre autrement ? est-ce que cela aurait changé quelque chose si je n’avais pas rencontré François ? » A cette pensée, elle s'arrête. Elle ne pense pas. Elle se refait à nouveau le film à l'envers et se remémore tous les efforts faits pour proposer des activités en famille, ou juste tous les deux, à chaque fois rejetées sans appel. Elle tend le bras pour couper la radio sur

We have such a happy home,
Because of you
Thanks to you

Elle se redresse douloureusement. Il est déjà huit heures dix et la maison est silencieuse. Les enfants sont restés à Arcachon une deuxième semaine avec ses parents et Nicolas semble être parti. Il est devenu plus taciturne que jamais ces derniers jours et passe des heures plongé dans des livres spécialisés sur les vignes.

L'idée de retrouver Natasha n'enchante guère Elsa. Elle pianote un message à François, avide de le revoir. Il lui répond qu'il ne peut attendre plus longtemps avant de la retrouver et passera la prendre pour le déjeuner.

Dès qu'elle aperçoit François, un large sourire éclaire son visage. Et le sien lui répond en symétrique. Elle constate une nouvelle fois l'effet de mimétisme qui fait qu'un sourire déclenche un autre sourire en miroir tandis qu'un air sombre finit par contaminer l'autre malgré les efforts pour passer outre. Il la serre très fort dans ses bras et embrasse chaque coin de son visage à sa portée. Elle se blottit contre lui, la tête dans ses épaules, pendant de longues minutes.

Ils retrouvent l'un de leurs restaurants favoris, celui au bord des étangs, pas très loin de son bureau. Le héron, immuable personnage de ce lieu, les observe, immobile.

Elsa attend que la serveuse leur ait servi un verre de vin et ait pris leur commande pour raconter ses vacances - était-ce vraiment des vacances finalement ? - à François. Il l'écoute, attentif, et attend qu'elle ait terminé pour relater à son tour les dernières nouvelles de son côté. Les départs probables de son fils, de sa fille… et de sa femme à la rentrée prochaine. Alors, ce qu'elle n'avait pas osé envisager commence à se profiler lentement dans son esprit. Mais elle ne dit rien ; c'est sans doute trop tôt. La pression de sa main, son regard ardent et son « je t'aime » murmuré doucement mais distinctement suffisent à la rassurer sur l'avenir.

Quand ils se séparent à deux-cents mètres du bureau où il l'a déposée, elle n'a aucune envie de le quitter, d'autant qu'elle a rendez-vous avec le Réglementaire, sur un sujet récurrent, le parabène. Elle a beau partir en vacances, quand elle revient, les problématiques sont toujours les mêmes.

A dix-neuf heures ce soir, une coupure de courant stoppe d'un seul coup le ronronnement de toutes les machines. Les oreilles accoutumées à ce bruit de fond continu ne l'entendent plus, mais quand il s'arrête brusquement, le cerveau réalise le bonheur d'un espace sans bruit parasite. Les lumières se sont éteintes également, déclenchant une clameur sourde « ohhhhhhhh » qui s'élève de chaque bureau. Elsa décide que c'est le signal pour partir, il est déjà tard pour une première journée. Les ascenseurs sont à l'arrêt aussi mais de toutes les manières elle ne les prend jamais le soir. Elle dévale les quinze étages habituellement déserts, à présent encombrés des personnes dont la panne a déclenché le départ. Elle les double, usant du maigre pouvoir que lui offrent ses chaussures de sport, contre lesquelles des hauts talons vacillant à chaque marche ne peuvent lutter.

Elle enfourche son vélo et se lance sur le chemin du retour. Elle fait un détour par la cabine pour découvrir les dernières nouveautés. Parmi plusieurs livres qui n'ont pas bougé, elle repère *La délicatesse*, de David Foenkinos, *Petit pays*, de Gaël Faye et *Trois saisons d'orage*, de Cécile Coulon qui sont apparus. Elle les feuillète, même si elle en a déjà lu deux d'entre eux ; juste pour le plaisir de faire tourner les pages et de reconnaître quelques phrases mémorisées. Et elle voit une feuille de magazine pliée en quatre dont l'article débat de l'auteur à l'origine d'un poème - attribué à Martha Medeiros et non Pablo Neruda d'après le journaliste -, qui suit sur la page suivante :

Il meurt lentement
celui qui ne voyage pas,
celui qui ne lit pas,
celui qui n'écoute pas de musique,
(...)
Il meurt lentement
celui qui évite la passion
et son tourbillon d'émotions
celles qui redonnent la lumière dans les yeux
et réparent les cœurs blessés
(...)
Vis maintenant !
Risque-toi aujourd'hui !
Agis tout de suite !
Ne te laisse pas mourir lentement !
Ne te prive pas d'être heureux !

Elle reconnaît l'un des petits trésors de François laissé avec à propos sur son chemin.

41.

Romain a passé la dernière semaine à travailler son bac. Il a l'impression que des ailes lui ont poussé, il a un objectif à présent. Ses parents n'en reviennent pas de son rythme nouveau et très studieux. Il n'a - quasiment - pas ouvert sa console. En revanche, il a passé plusieurs heures chaque soir à discuter avec Marion au téléphone ; à imaginer ce que pourrait être l'année prochaine s'il est pris. Ou parfois à ne rien se dire, juste à savoir que l'autre est là, de l'autre côté, ou à se faire écouter une musique qu'ils ont entendue dans la journée.

Ce lundi matin ne ressemble à aucune autre rentrée. Il démarre la semaine avec un bac blanc, il se sent plutôt prêt, ayant bien révisé. Et puis il va retrouver Paul et Gaëtan. Peut-être aller boire un verre avec eux.

Il ne leur racontera pas encore pour le dossier. Ça, ça attendra la réponse.

42.

Une douce chaleur l'effleure en ce matin de mai quand elle ouvre en grand les volets. L'été arrive et volera bientôt sa place au printemps.

Elsa sort une robe légère fluide à petites fleurs jaunes de son armoire et une fois enfilée la fait tournoyer devant la grande glace ancienne de sa chambre. Léa entre à ce moment pour lui dire au revoir et rit de la voir tourner comme une enfant. « Tu es belle Maman ». Elle s'arrête pour l'embrasser et lui souhaiter une bonne journée.

Une fois Margot déposée, elle arrive devant l'école avec Eliot. Ils sont à pied aujourd'hui, elle retournera chercher son vélo après, elle était trop juste et n'a pas eu le temps de préparer ses affaires. A peine les grilles visibles, Eliot se retourne vers elle le visage décomposé, les yeux agrandis et la bouche entrouverte mais aucun son n'en sort. Et soudainement, il fond en larmes. Elle le regarde interloquée quand Johanna, la maman de Marie, les croise après avoir déposé sa fille et demande :

- Alors Eliot, prêt pour la journée pique-nique ? le car t'attend de l'autre côté de la rue !

Ce n'est pas possible, comment a-t-elle pu oublier ! Elle saisit la main d'Eliot, court vers l'entrée du car où la maîtresse attend, lui dit précipitamment qu'elle a oublié les affaires et qu'elle repart les chercher.

- Dépêchez-vous, le car part dans dix minutes maxi, nous avons une heure trente de route, n'oubliez pas le maillot de bain, la serviette, la casquette, la crème solaire et le pique-nique.

Elle revoit la liste qu'elle a signée il y a trois semaines avant les vacances de printemps s'afficher dans son esprit … et s'il y a eu un rappel hier dans le carnet de liaison, c'est justement le jour où elle ne l'a pas regardé ! Elle part en courant sur ses talons compensés qu'elle a commis l'erreur d'avoir déjà enfilés pour une fois…

Quand elle revient après un passage au supermarché et un arrêt à la maison, toujours en courant, elle n'arrive plus à parler tellement elle est essoufflée. La maîtresse l'attend d'un air pincé en bas des marches et récupère le sac qu'elle lui tend. Elsa fait un signe à Eliot assis l'air inquiet au premier rang du car. Il répond d'un petit sourire, penaud. Elle regarde le car partir hébétée et reste encore de longues minutes sur le trottoir dans la rue vide le temps de retrouver son souffle.

Elle finit par retourner à pas lents vers sa maison. Il est neuf heures, elle remplit ses sacoches, installe son sac et enfourche son vélo pour se diriger vers sa deuxième partie de journée. Son téléphone sonne, elle jette un œil à l'écran : Natasha. Elle décide de ne pas répondre.

Ce soir-là, François est venu la chercher au bureau pour l'emmener à un spectacle de danse contemporaine. Il lui raconte son rêve de la nuit précédente sur le trajet.

- Cette nuit j'ai rêvé de toi ; nous étions dans une maison en construction avec plein d'amis, et nous nous cachions pour faire l'amour… c'était doux et délicieux.

Elle sourit en imaginant la maison.

La danseuse marche dans les airs à deux mètres du sol en posant alternativement son pied sur les mains tendues des autres danseurs positionnés sous elle. Au fur et à mesure de sa progression, le dernier danseur de la file va se placer en tête pour permettre à la danseuse des airs d'avancer. Et ainsi de suite. On croirait qu'elle s'enfonce dans des sables mouvants et tente tant bien que mal de se mouvoir. Cela évoque multitudes d'images à Elsa : d'abord, ses collègues et elle essayant de résister au bureau et de garder la tête hors de l'eau. Puis une autre image lui vient : cette danseuse représente Natasha qui marche sur chaque membre de son équipe pour tenter de les enfoncer un peu plus, bien que tous soient en train d'essayer de l'aider, de la supporter. Le rire nerveux que cette dernière image provoque fait se retourner François vers elle et l'embrasser fougueusement. Elle chasse les idées nocives liées au bureau et se reconcentre sur la beauté de ces corps mouvants.

Quand elle rentre dans la maison sans faire de bruit, un petit mot de Margot l'attend sur le guéridon dans l'entrée « Maman, ce soir, je me suis couchée de bonheur, je t'aime. »

Elle sourit d'attendrissement.

La fin de l'année scolaire approche à grands pas. Cette année qui a signé la chute de son couple et la préparation des premières vacances d'été chacun de leur côté. Nicolas sera tout l'été sur le domaine pour apprendre le métier et préparer les vendanges. Les enfants le rejoindront deux fois deux semaines, avec leurs grands-parents. De son côté, Elsa les emmènera deux semaines à la montagne dans les Alpes en juillet, puis une semaine sur la côte basque en août.

Elle rentre un peu plus tôt du bureau en espérant croiser les enfants qui partent en Bourgogne avec Nicolas pour ce week-end de Pentecôte. Il va leur faire découvrir sa nouvelle maison - une annexe du domaine de l'oncle Jules. Mais elle sait déjà que c'est vain, vu qu'ils partaient dès la sortie de l'école et qu'elle a laissé passer l'heure. Elle tourne la clé d'une maison vide, silencieuse, et ressent un petit serrement de cœur en entrant. Un thé lui fera sûrement du bien. Elle emplit la bouilloire qu'elle pose sur le feu et attend le d'abord doux puis tumultueux bruit d'ébullition. L'eau gronde à gros bouillons quand le « ding » du téléphone la tire de sa torpeur. Elle hésite à regarder. Elle appréhende un WhatsApp de Natasha ou de n'importe qui du bureau. Elle jette un œil en se promettant qu'elle refermera aussitôt si tel est le cas.

François !? Il était censé partir ce soir en famille à Grenoble, chez la sœur de sa femme.

« Mon Elsa chérie, es-tu toujours seule ce week-end ? je ne pars finalement pas à Grenoble, je te propose de t'emmener en week end à la mer, mon copain Jean me prête sa maison, mille tendres baisers. »

Son cœur fait un bond et se dilate de joie, elle passe instantanément de la morosité à l'euphorie, répond « OUI !! » avec trois cœurs, arrête l'eau dont la bouilloire manque d'exploser après maints sifflements stridents et furieux, et court se laver les cheveux.

Il est près d'une heure du matin quand ils arrivent sur le petit port de Sainte Marine dans le Finistère. Elle n'a pas été en Bretagne depuis qu'elle était petite, Nicolas déclarant qu'il n'y faisait pas assez beau. Les odeurs de sel, de goémon qui montent de la mer, les effluves subtiles qu'exhalent les rhododendrons en pleine floraison la saisissent quand elle sort de la voiture. Le silence autour d'eux les contraint naturellement à chuchoter et quand, munis d'un petit sac chacun, ils descendent les minuscules ruelles ou plutôt chemins bordés de maisons de pêcheur miniatures collées les unes aux autres, des ombres furtives détalent devant eux. Des lapins qu'ils viennent de déranger. Ils poussent la petite barrière bleue de la dernière maisonnette avant le port et pénètrent dans un jardin bordé d'hortensias rose fuchsia. La nuit est très noire, faiblement éclairée par la lune, pourtant pleine, dont les rayons luttent pour percer les nuages. Et tout à coup, comme pour lui laisser la place, vaincus, les cumulus se dispersent. Bons joueurs, ils découvrent l'énorme boule orangée qui éclaire alors comme un phare suspendu au-dessus de l'eau. On croirait un jouet. La petite maison en pierres de granit et au toit d'ardoises est composée d'une pièce unique en bas et de deux minuscules chambres à l'étage, auxquelles mène un escalier raide et étroit. L'intérieur est simple, rafraîchi de blanc et de bleu. Ils s'affalent sur le lit épuisés mais heureux, les fenêtres grandes ouvertes pour entendre le ressac proche et le cri des mouettes dès les premières lueurs.

C'est bien le cri strident des mouettes qui lui rappelle où elle est au petit matin. Dans un demi-sommeil, sans ouvrir les yeux, elle tâtonne pour vérifier que François est à ses côtés et se love contre lui. La plénitude est à son comble et ils passent la matinée l'un contre l'autre à écouter et sentir l'océan si proche.

François lui raconte les nouvelles de cette dernière semaine. Son fils vient de recevoir une réponse positive de l'école d'handiski pour la rentrée, sa fille déménage à Lausanne… et sa femme à Grenoble pour se rapprocher de ses enfants et de sa sœur.

- J'espère pouvoir rencontrer tes enfants l'année prochaine.

Il ne pouvait pas lui faire plus plaisir et pour toute réponse elle se colle à lui et l'embrasse avidement.

43.

Un an et demi plus tard - Week-end du 11 novembre

Il fait froid ce matin, l'air est piquant mais le ciel très bleu, la luminosité éblouissante. Des tourne-pierres se dandinent sur le sable mouillé et trottinent de concert pour s'éloigner de quelques centimètres quand l'écume d'une vague vient lécher leurs pattes. Plus loin sur l'horizon, un chalutier part à la pêche faisant jaillir de grosses gerbes d'eau, suivi d'une dizaine de goélands qui tournoient au-dessus de son sillage.

Elsa marche sur la plage, ses cheveux dorés par le soleil dansent avec le vent. Elle s'arrête face à la mer inspirant profondément, ferme les yeux, et bascule très légèrement sa tête en arrière. Elle porte un jean et une veste kaki en toile épaisse, sortie du placard uniquement le temps des vacances. Ses mains sont enfoncées dans ses poches. Malgré l'air frais de ce début d'hiver, ses pieds aux ongles vernis de rouge vif sont nus et s'enfoncent à moitié dans le sable fin.

- On va battre le record !

Un attelage épique passe au galop. Margot et Eliot poussent le fauteuil de Romain dont les roues parviennent à rester en surface sur le sable dur tandis que Marion chronomètre et que Léa et Camille font un concours de roue.

Elle sent deux bras en ciré jaune usé l'entourer par derrière et la serrer. Elle frissonne. Sourit.

Il enfouit sa tête dans le creux de son épaule et lui chuchote quelques mots à l'oreille. Elle éclate de rire. Son rire se mêle aux cris des mouettes.

Un immense merci à

Colombe Schneck, pour l'atelier d'écriture passionnant au cours duquel j'ai écrit les premiers textes fondateurs de ce roman,

Mes parents, pour m'avoir offert cet atelier d'écriture,

Anne, Armelle, Caroline, Célia, Fatima, Laurence, qui m'ont encouragée à écrire durant cet atelier, et par la suite lors de nos rencontres, à Paris ou en Provence,

Anne, Armelle, François, Philippe Vilain, pour leur relecture attentive et leurs précieux conseils,

Agnès, Caro, Clémence, Laëtitia, Lauriane, Rkawane, Valentine, pour leur soutien et encouragement quotidien,

Aubane, pour ses explications expertes sur l'univers de la cosmétique, Romain, pour ses démonstrations de jeux vidéo,

Sonia, Thibaut, pour leur avis médical bienveillant,

Axel Alletru, Roro le costaud, pour leur résilience et la transmission inspirante de leur expérience à travers leurs chaînes Youtube, Myriam et Pierre Cabon, pour leurs récits d'aventures en fauteuil à travers leur compte Instagram Wheeled_world et leur livre *Un éclat dans le noir*,

Delphine Schwartzbrod, Eric Marchal, Renaud du Peloux, auteurs, pour les riches échanges sur le parcours du combattant de l'édition,

Eric Canoville et Benoit Marc de Little Agency pour la création de la couverture,

Mes enfants, pour leur amour inconditionnel.

Achevé d'imprimer par Corlet - 14110 Condé-en-Normandie
N° d'Imprimeur : 1364854 - Mars 2024 - Imprimé en France